JACK, O ESTRIPADOR

CONTOS DE UM CAÇADOR DE VAMPIROS

ANDERSON OLIVEIRA

Editora do Autor

Essa é uma obra de ficção, baseada em eventos e personagens históricos. Todas as datas, horários, lugares e descrições foram extraídas de matérias de jornais e depoimentos policiais da época. Com exceção de Heyke e uns poucos personagens, todos os demais que foram nomeados são pessoas reais.

I.

Heyke conferiu as horas do seu relógio de bolso com o grande relógio de ferro da Bishopsgate Station assim que desembarcou do trem. Eram dez para as oito da manhã. O sol lutava bravamente para vencer a nuvem de fumaça das fábricas que haviam por toda a Londres, com suas chaminés tomando o horizonte de forma maculosa, como uma ferida na carne, uma chaga putrefata, resquício daquilo que os homens dali chamavam de Progresso. Ele, um tipo particular de indivíduo, com brios de outros tempos, não via naquela imundície toda nada mais que uma violência tremenda.

Ainda no trem, ouviu dois rapazes com não mais que quinze anos, mas com olhos fundos e mãos calejadas do trabalho servil, comentarem entre eles que ali, Whitechapel, era o Inferno de Londres. Principalmente na mistura de depósito de lixo com o cemitério que se formava nos fundos da igreja St. Mary Matfelon. Ao seu lado, um casal irlandês de aparência aristocrática fez um comentário semelhante. O homem, que foi chamado de Abraham pela esposa, disse que deveriam segurar as bolsas e carteiras ao passarem por Whitechapel e jamais vagar à noite por aquelas ruas. Heyke julgou uma atitude prudente.

Mas deveria ser justo. Não era só a fumaça das fábricas que teimavam em desafiar o sol. Era outono e estava especialmente frio, ao ponto da sua respiração ser visível ao deixar seu nariz e boca. Ajeitou a gola do sobretudo de couro marrom e acertou o chapéu americano na cabeça branca. Deixou a estação e na calçada de pedras enlameadas comprou um jornal de um menino de rosto vermelho por meio pence. O periódico Boardsheet. Dobrou o papel para ler mais tarde. Não dispunha de cavalgadura e não confiava suficientemente na índole dos choferes dali para alugar uma carruagem. Então seguiu seu caminho a pé. Achou por bem manter seu anel no bolso do colete, e sua lona enrolada, sua única bagagem, bem segura pela mão.

As ruas de Whitechapel eram particularmente diferentes de qualquer distrito de Londres. Esse local de East-End cresceu de forma rápida e desorganizada, formada pela população que as outras áreas da metrópole rejeitou. Ali viviam imigrantes de toda a parte, principalmente irlandeses católicos, indianos e judeus. Estes últimos fugindo da perseguição sofrida na França e no leste europeu, não encontravam em Londres situação melhor, sendo constantes vítimas dos chamados nacionalistas. Aquelas pessoas viviam como podiam, lotando albergues e cortiços, conseguindo emprego nas docas do Tâmisa ou nas fábricas. A alta circulação de homens, operários ou marinheiros, fermentou o surgimento de inúmeros bares e bordéis. Haviam mais de sessenta casas de tolerância e mais de mil e duzentas prostitutas apenas em Whitechapel. A maioria pobres viúvas, que viram nessa vida a única forma de se manter, às vezes se vendendo de manhã para conseguir ter o que comer mais tarde. Era um lugar tão desprezível que nem a polícia aparecia por ali direito, o que fazia o crime proliferar de uma forma profana.

Heyke caminhou por alguns minutos até o mercado central de Spitalfields onde se abasteceu de mantimentos e seguiu procurando uma hospedaria. Só encontrou vaga em um lugar de aspecto precário, frequentado por bêbados, delinquentes e meretrizes, na Dorset Street. A entrada era uma passagem estreita e abobadada de tijolos escuros, onde duas pessoas lado a lado mal passariam. O lugar se chamava Miller's Court, segundo o letreiro acima do arco de pedras. Seu proprietário, um homem de cara chupada e um olho torto chamado John McCarthy também tinha uma loja de velas logo ao lado. Ele lhe deu as chaves do quarto 15, no pavimento térreo. Os quartos eram pequenos apartamentos com uma ou duas janelas ao redor de um pátio com uma vala no centro, cruzado por inúmeros varais onde os moradores estendiam suas roupas, mesmo as íntimas. Uma escada de madeira levava aos quartos superiores. Foi se dirigindo ao aposento, enquanto brigava com a fechadura, que a viu. Melhor dizendo, foi ela quem o viu primeiro.

— Senhor Scott? Senhor Heyke Scott? — disse a moça com um sotaque galês. Seu tom de voz também indicava certa embriaguez.

Heyke se virou e viu uma mulher alta para a média, coisa de 1,70m, com cabelos de um louro arruivado em cachos desordenados. Seu rosto era oval, e ao sorrir fazia covas nas bochechas avermelhadas pelo frio e pelo gim. Nas mãos brancas as chaves do quarto número 13, logo ali ao lado, no sopé da escada.

— Desculpe... eu a conheço?

— Claro que não vai se lembrar. Eu era apenas uma criança. Foi em Limerick, Irlanda. Já fazem quase vinte anos. O senhor ajudou meus pais com... — ela olhou ao redor, se certificando que não havia ninguém bisbilhotando, continuou: — aquele problema com as sanguessugas. Sou a filha mais nova de John Kelly, Mary Jane.

— John Kelly de Limerick... sim, eu lembro. Mas perdão, eram tantas crianças e...

— Vai se lembrar do apelido que me deram naqueles dias. Só me chamavam de Ginger.

— Ginger! Claro! — Heyke sorriu francamente com a lembrança. A criança de vestido sujo e cabelos desgrenhados, cor de gengibre, que corria entre as galinhas da propriedade arrendada pelos Kelly. Soube que depois do dito problema com sanguessugas eles se mudaram para Gales. Isso explicava o sotaque da jovem. — Meu Deus, como você cresceu! — a moça diante dele tinha uns vinte e cinco anos então. Usava um vestido branco com uma echarpe vermelha nos ombros.

— Já o senhor não envelheceu um dia sequer. — Ginger observou com um sorriso de admiração.

Heyke sorriu timidamente, mas uma sombra de terror passou pelos seus olhos azuis. Pela hora que estava chegando, pela forma que estava vestida, pelo grau etílico naquela hora da manhã, e vivendo ali naquele lugar, certamente Ginger trabalhava como prostituta. O coração de Heyke se apertou quando viu ali naquele estreito corredor não mais a bela jovem de olhos claros, mas a menina descabelada entre as galinhas. Que triste destino.

Ginger pareceu perceber o motivo da perturbação do homem e abaixou os olhos por um instante, sorvendo sua vergonha. Pobrezinha, quantas vezes não passou por isso? Mas logo se recompôs e, sempre sorrindo, inquiriu o recém chegado:

— O que o trás a esse desprezível albergue nesse mais que desprezível distrito esquecido por Deus?

O homem olhou rapidamente o jornal que ainda trazia. Ora, iria fazer já um ano. No Boardsheet se lia em seu cabeçalho:

Londres, 27 de setembro de 1888. A manchete dizia:

ASSASSINATO DE GHASTEY EM EAST-END.
MUTILAÇÃO TERRÍVEL DE UMA MULHER.
Captura: Avental de Couro

Suas memórias o levaram para 26 de dezembro de 1887, a Boxing Night[1], a última vez que esteve em East-End. Como sempre, era um problema com sanguessugas.

A neve caía rala naquela noite inóspita. Mesmo assim, aquele grupo de arruaceiros decidiu sair e espalhar o caos. Heyke cruzou com eles em um pub perto da Mitre Square. O grupo era formado por três homens e uma mulher, vestidos de preto, cantando e rindo no canto mais escuro do estabelecimento. Não demorou até arrumarem briga com uns estivadores. Heyke jurou para si que não iria se meter, até que um dos estivadores voou pelo balcão derrubando sua cerveja. Ainda com a caneca quebrada na mão, ele viu o arruaceiro que atirou o outro que era o dobro do seu tamanho. Seus olhos cintilavam como brasas na escuridão.

Minutos depois, Heyke estava voando através da janela. Caiu na rua suja de neve velha e excrementos de cavalo. Limpando as mãos no capote enquanto se levantava, ele viu os quatro irromperem pela porta do pub, com suas faces transfiguradas. Além dos olhos vermelhos, apresentavam feições demoníacas, com veias escuras saltadas na pele extremamente branca. Suas unhas amareladas projetavam-se como garras. E tinham as presas, saltando inumanamente das bocarras escancaradas.

Heyke sorriu.

Quando o primeiro homem avançou, Heyke o presenteou com a ponta de seu facão. A lâmina entrou pela axila e encontrou o coração. Aqueles olhos vermelhos se apagaram e o homem foi jogado ao chão. Seu corpo começava a se desfazer em cinzas enquanto Heyke limpava o sangue escuro da lâmina no casaco. Tomados de ira, dois dos malditos saltaram sobre ele. Girando o corpo, Heyke desviou do ataque e acertou o mais próximo pelas costas. Ele cambaleou. O segundo atacante conseguiu agarrar o braço do homem de cabelos brancos e fincou suas garras no couro da roupa. Heyke puxou o infeliz para mais perto e o surpreendeu com uma estaca em seu peito, usando seu peso para cravar a madeira, tombando o corpo inerte no chão. Ainda com o facão na mão, vendo o último homem de pé se preparar para fugir, Heyke arremessou a faca em seu pescoço.

Gorgolejando, o infeliz caiu de joelhos. Heyke se aproximou e girou o facão, separando a cabeça do corpo. Ao seu redor, três corpos se transformando em cinzas, cada um em um ritmo diferente. Ainda faltava a mulher.

Ela, talvez mais esperta que seus companheiros, decidiu fugir. Heyke a viu em disparada pelas vielas escuras e frias, às vezes se apoiando nos muros para não cair. Ele a seguiu. Não se preocupou com os corpos. Ao amanhecer já não restaria mais nada além das cinzas. Até suas roupas arderiam na combustão. Também não se preocupou com as eventuais testemunhas. Estavam tão bêbados que ninguém sério os daria crédito.

Alcançou a presa na Commercial Road. Após a agarrar contra a mureta, sacou de dentro do casaco outra estaca. Ela entrou pelo alto ventre. Os olhos da mulher já não estavam mais vermelhos. Seu rosto era uma caricatura de terror. Ela caiu rente a parede e não se levantou mais.

Porém, ao amanhecer, ainda havia um corpo lá, que foi encontrado por transeuntes e a polícia foi avisada. Logo a mídia reportava um misterioso assassinado na Boxing Night. Heyke precisou deixar as redondezas imediatamente. Maldição. Era uma recém transformada. Quanto mais novos eles eram, mais tempo demoravam para seus restos desaparecerem. Levou dias até o corpo da mulher desaparecer do necrotério da polícia. Semanas depois, por sorte, os jornais se esqueceram do caso.

Mas alguns dias atrás, Heyke viu sobre esse tal "Avental de Couro". Pelo menos duas mulheres já foram encontradas mortas nas ruas de Whitechapel, com incisões na garganta e o ventre aberto. Aquilo chamou sua atenção, como uma intuição há muito oculta. Seria alguém querendo incriminá-lo? Talvez seria um ataque deles? Seja o que for, Heyke precisava descobrir.

— Vim a serviço da igreja — foi o que ele respondeu a Ginger, abaixando a gola do casaco e revelando o clérgima, o colarinho clerical.

— Oh, não sabia que era um padre. — Ginger enrubesceu. — Perdão, digamos que estou em falta com a igreja...

— Não se preocupe, minha jovem. Hoje em dia todos estão.

A mulher robusta deu um sorriso nervoso e abaixou os olhos. Foi salva quando a porta de seu apartamento se abriu e um homem apareceu. Era mais velho que ela, com bigodes castanhos no rosto redondo. Seus olhos não traziam uma boa expressão.

— Mary, o que está havendo? — quis saber, com o olhar saltando dela para Heyke.

— Oi, Joe. Que bom que já está de pé. Esse é o padre Heyke Scott, um velho amigo da minha família. E este é Joseph Barnett, meu… — a palavra adequada demorou a se formar na língua de Ginger. Teve se virar com a mais inadequada possível: — esposo.

— Bons dias, Sr. Barnett. — Heyke tirou o chapéu e saudou o outro. Não se permitiu transparecer qualquer julgamento. Já era perito nisso.

Barnett acenou com a cabeça sorrindo, mas em silêncio. Sem mais palavras, Ginger entrou no quarto 13 deixando um último sorriso de dentes desiguais para Heyke. Pobre moça.

O interior do quarto 15 fedia a azedo e Heyke não se surpreenderia se visse algum animal por ali. A cama, à esquerda da porta, era de boa madeira, mas velha e coberta com lençóis manchados e ásperos. No canto oposto, uma mesa com uma cadeira carcomida de cupim. Na outra extremidade, oposta à porta, uma lareira muito necessária para as noites frias. Deixou a lona que trazia e as compras do mercado na mesa, e pendurou seu casaco e chapéu no mancebo. Pelo menos havia água em uma cabaça ao lado da cama e poderia se lavar minimamente. Já estava acostumado.

Depois se recostou na cama e pegou o jornal para ler. Só iria se permitir um rápido repouso e logo sairia para sua investigação. Porém seus olhos foram traiçoeiros e se fecharam antes do previsto e por um tempo longo demais.

Quando acordou já anoitecera. Saltou da cama assustado deixando o jornal de lado. Apenas comeu um par de frutas e um naco de carne seca, enquanto desembrulhava sua lona. Ali estavam seus instrumentos de trabalho. Livros velhos, entre eles sua bíblia e seu diário de anotações; um grande rosário de contas de prata com uma cruz do tamanho de sua mão; um conjunto de estacas de cedro que ele mesmo talhou, uma garrafa de aço para guardar água benta, o seu fiel facão de cabo de pinho em sua bainha de couro, o mesmo usado na Boxing Night; um revólver Colt .45 de ferro polido e os itens mais preciosos: suas espadas.

A primeira era uma espada longa da cavalaria inglesa, com punho revestido de couro curtido e com pomo de latão redondo com uma cruz no centro, em vermelho. Estava em sua bainha de couro e madeira, com as inscrições temáticas da sua Ordem. A segunda, destoando bastante da primeira, era uma espada japonesa, a katana, de empunhadura de couro de arraia branca e seda preta, com uma guarda circular de ferro decorado, preta e dourada. Levemente curva, estava em sua bainha preta fosca.

Além dessas ferramentas, trazia consigo o único passatempo que se permitia atualmente. Um kit de pintura com pincéis, lápis, tintas e uma palheta velha, e seu jogo de cartas de tarot, devidamente guardados num estojo de madeira. Estava, já há algum tempo, desenhando e pintando as figuras dos vinte e dois arcanos maiores. Ainda faltavam algumas. Fixou seu olhar na carta número II, a Sacerdotisa, onde desenhou a figura da sua antiga amiga de cabelos vermelhos e olhos exóticos, e a número XI, a Força, com o rosto grave de seu antigo mestre. Na carta IX, o Eremita, faz um auto-retrato: maxilar quadrado, nariz alongado e cabelo branco com costeletas espessas.

Deixando o jogo de cartas de lado, pegou apenas o facão, um par de estacas e sua cruz. Das compras do mercado pegou duas cabeças de alho. Vestiu o sobretudo, umas luvas que trazia no bolso e o chapéu. Saiu. Do lado de fora pôde ouvir vozes alteradas vindo do quarto 13. Ginger parecia discutir com seu amante. Heyke não devia interferir, pelo menos não por ora.

Seu destino era a Buck's Row, no extremo leste de Whitechapel, próximo a Durward Street. Segundo o que ele tinha previamente pesquisado através dos jornais e inquéritos policiais, depois do incidente com a mulher anônima em dezembro de 1887, quatro mulheres foram encontradas mortas nas ruas de East-End. As duas primeiras, apesar de terem sido mencionadas pelos tablóides e uma parcela da polícia considerar um padrão, Heyke não acreditava que eram obras do tal Avental de Couro. Emma Elizabeth Smith, 45 anos, foi atacada em 3 de abril de 1888, segunda-feira após a Páscoa. Estava alcoolizada. Um grupo de três a quatro homens a esfaqueou, estuprou e a roubou na Fairance Street, mas ela sobreviveu até chegar no albergue onde vivia na George Street sendo socorrida e dando seu depoimento, mas perdeu muito sangue e faleceu horas depois. Martha Trabam, 39 anos, foi encontrada morta com 39 facadas em uma terça-feira de madrugada, 7 de agosto no Edifício George Yard na Commercial Street. Testemunhas disseram que a mulher tinha costume de se embriagar. Possivelmente foram ataques de gangues, bastante comuns por toda a Londres, pensava Heyke.

Já Mary Ann "Polly" Nichols, 43 anos, parecia ser diferente. No último 31 de agosto, uma sexta-feira chuvosa, voltava para seu dormitório por volta da 1h30 em uma pensão na Thrawl Street. Foi barrada pelo senhorio por dever o aluguel. Ela teria prometido voltar com o dinheiro em questão de pouco tempo. O senhorio declarou à polícia posteriormente que ela estava bêbada. No caminho encontrou uma amiga, Ellen Emilly Holland, e juntas pararam para assistir um incêndio nas docas Shadwell Dry. Ellen também testemunhou como Polly estava embriagada. Por volta das 3hs ela teria entrado sozinha na Buck's Row.

Por volta das 3h40 um cocheiro a caminho do trabalho, Charles Cross, avistou Polly caída na calçada, junto à entrada de um estábulo, embaixo das janelas de um sobrado residencial. O lado oposto da rua era tomado pelas altas paredes das fábricas. Na escuridão não soube dizer se ela estava dormindo devido a embriaguês ou se havia desmaiado. Outro trabalhador, Robert Paul, apareceu e tentou ajudar, mas temendo se atrasarem para o ofício, decidiram avisar o primeiro policial que encontrassem.

Quando Heyke chegou no local do crime já eram quase 23hs. A única iluminação da rua vinha de um poste com lamparina a gás na extremidade oeste, longe demais do ponto onde o corpo de Polly foi encontrado. Somando isso a fumaça das chaminés e a neblina londrina, a visibilidade ali era quase zero. Parou de frente ao portão de madeira do estábulo. A chuva dos últimos dias e as pegadas dos muitos transeuntes que por ali passaram acabaram com qualquer vestígio que poderia ajudar sua investigação.

O inquérito dizia que Polly estava com dois profundos cortes na garganta. Um deles chegou à vértebra. Estava deitada de costas na poça de sangue. Suas saias estavam erguidas, mas sem sinal de violência sexual. Na necropsia, se constatou um grande corte do esterno a região genital. Seu abdômen sofreu diversos cortes desordenados. Provavelmente ainda estava viva quando Charles Cross a encontrou. Os moradores das casas próximas alegaram não terem ouvido nada naquela noite. Não encontraram respingos de sangue, comuns da perfuração da jugular, o que fez alguns detetives considerem que ela foi morta em outro lugar, o que contradiz o depoimento de Ellen. Pobre Polly, deixou quatro filhos.

O homem ficou ali, em pé, com o casaco tremulando no vento frio, enquanto esporadicamente as pessoas iam e vinham, sabendo bem o que havia acontecido ali vinte e poucos dias atrás. Heyke tirou o chapéu em sinal de respeito por aquela vítima. Sabia que estava atraindo olhares desconfiados dos vadios, bêbados e trabalhadores noturnos que usavam a Buck's Row como atalho. Decidiu não se demorar mais ali.

Seu próximo destino foi a Hanbury Street, em Spitalfields, ao norte do mercado. Lá, em um quintal de uma residência, às 6h da manhã de 8 de setembro (oito dias após o assassinato de Polly), o corpo de Annie Chapman, 47 anos, foi encontrado pelo carroceiro John Davis que foi até ali urinar. Com incisões tão profundas no pescoço que a cabeça estava parcialmente separada do tronco. Suas saias também estavam erguidas e seu abdômen fora aberto. Seus intestinos foram colocados acima do ombro esquerdo. Alguns pertences, como dinheiro e remédios, foram deixados aos seus pés.

Heyke vistoriou o local. Dark Annie, como era chamada, foi encontrada no canto à direita, entre a cerca de madeira e os degraus da porta do prédio, com uma latrina externa à esquerda. O responsável pela necropsia, Dr. George Bagster Phillips, declarou que os órgãos de Annie foram removidos com precisão cirúrgica exemplar, pois ele mesmo, se estivesse naquela escuridão e em tão pouco tempo (foi estimado que a morte ocorreu menos de uma hora antes do corpo ser encontrado), não conseguiria executar a extração. O útero e a bexiga da mulher não foram encontrados. Novamente, sem respingos de sangue nas paredes.

Foi apenas com a morte de Chapman que a população de Whitechapel se deu conta que havia um maníaco a solta. A polícia metropolitana não sabia o que fazer, então o experiente inspetor Frederick Abberline foi designado pela Scotland Yard. Ele já havia atuado no distrito anos atrás. Segundo os jornais, foi ele que achou, ao examinar o local do crime, um avental de couro sujo de sangue. Interrogando as pessoas da área, souberam que as prostitutas eram ameaçadas e extorquidas por um homem que elas chamavam de Avental de Couro. Identificaram esse homem com John Pizer, um açogueiro judeu. Ele foi preso no dia 10 de setembro, mas liberado dois dias depois. Tudo isso saiu nos jornais, a contragosto da polícia que queria tratar o caso com sigilo.

Heyke leu o The Star naqueles dias e isso motivou sua investigação. Aquelas mulheres, feridas no abdômen, lhe lembravam a mulher que ele havia matado[2]. Teria seu descuido influenciado um louco? Ou era coisa pior? Quem poderia executar esses crimes na escuridão e sem fazer qualquer barulho? Um calafrio na sua espinha, como um sinal de alerta, o fez olhar para cima. Pareceu ver algo se mover nos telhados adjacentes. Esfregou os olhos. Não havia nada ali, pelo menos até onde conseguia ver. Resolveu ver mais de perto. Com as mãos nuas escalou a parede da residência, usando o umbral da porta e as janelas como apoio.

Atingindo o telhado de barro, com a respiração ofegante virando vapor no ar gélido, Heyke viu, junto a escura chaminé, um envelope de papel encaixado no gradil. O tomou na mão, mas antes que pudesse romper seu lacre, ouviu os cascos de cavalos e as rodas de madeira de uma carruagem. Um feixe de luz passou a poucos centímetros dele, e ele pode ouvir vozes que diziam:

— Lá em cima, inspetor. Tenho certeza que veio lá de cima!

— Será Klosowski[3] tramando algo? Voltou ao local do crime?

Heyke não podia perder tempo. Guardou o papel no casaco e saiu dali, saltando para o outro telhado. Pôde ver rapidamente lá embaixo um carro policial. Um guarda de rua apontava o lampião e ao seu lado um homem em trajes civis se segurava no chapéu. Quando pisou no outro telhado, sua bota praticamente lutou contra a chapa de ferro de uma claraboia e o barulho foi percebido pelos oficiais.

— Por ali, homem! Ele está escapando! Rápido!

— Sim, inspetor Abberline!

Heyke ouvia os cascos do ginete logo atrás dele, nas estreitas ruas de paralelepípedos. O feixe da fraca luz dançando em sua direção. No cruzamento da White Lion com a Wheler Street precisou descer, pois não iria conseguir pular o vão de mais de dois metros. Caiu na rua com um rolamento, assustando uns mendigos que se aqueciam com um fogo em uma lata de lixo. Viu a carruagem de Abberline vindo da Lamb Street e se meteu no estreito entre casas, saindo da luz da fogueira e se ocultando nas sombras. Os mendigos ainda o denunciaram, mas para entrar lá os policiais teriam que deixar o carro. Aparentemente desistiram da ideia e, de volta aos telhados, Heyke viu o guarda chicotear o cavalo para saírem dali. Abberline ainda deu uma última olhada para trás, mas não encontrou nada além de sombras. Certamente voltariam com reforços. Era hora de voltar para a Miller's Court.

Não saiu do quarto 15 no dia seguinte. Ainda que dificilmente alguém teria visto seu rosto, não queria arriscar. Apenas quando seus mantimentos se acabaram e ele precisou ir ao mercado que viu a luz tímida do sol. Era 29 de setembro. Nesse ínterim fez suas considerações sobre o que investigou. Apesar do que os jornais insistem em divulgar, ele acreditava que nem todas as mulheres assassinadas em Whitechapel eram prostitutas. Eram pobres mulheres, vivendo em workhouses[4], com problemas familiares e, principalmente, viciadas em bebida. O preconceito levou os jornalistas tratarem-nas como prostitutas. "Vadias", "vagabundas", eram termos que depreciavam quem não se enquadrava no padrão moral esperado. Para muitos, uma mulher que era vista em bares, sem marido e embriagada nas ruas era igual aquelas que se vendiam.

Por isso não acreditava que o assassino era John Pizer. Ele explorava as meretrizes, não teria nada a ver com aquelas pobres mulheres. Avental de Couro não era o culpado. E quem poderia ser? Quem poderia ser tão rápido e silencioso para atacar mulheres na rua, ao lado de casas, sem acordar os moradores? Quem poderia desaparecer tão facilmente nas trevas? Enquanto nisso pensava, na saída do mercado de Spitalfields, um garoto de uns dez anos o puxou pela manga e lhe disse:

— Senhor, bom dia. Esta carta é para o senhor. — lhe entregou um envelope amarelado e saiu correndo.

— Ei, menino! — Heyke gritou, mas foi em vão. O moleque se embrenhou entre os transeuntes.

Heyke inspecionou o envelope e não viu remetente, muito menos selo e carimbo dos correios. Abriu e seu conteúdo era uma folha dobrada em quatro, escrita dos dois lados com uma tinta vermelha. Na rua mesmo desdobrou a folha do fino papel e leu:

"Querido Chefe

Eu continuo ouvindo que a polícia me pegou, mas eles não vão me corrigir ainda. Eu ri quando eles pareciam tão inteligentes e falavam sobre estarem no caminho certo. Aquela piada do 'Avental de Couro' me deu ataque de risos. Estou atrás das putas e não deixarei de estripá-las até que eu esteja farto. O último foi um trabalho grandioso. Eu nem dei à senhorita tempo para gritar. Como eles vão me pegar agora? Eu amo meu trabalho e quero começar novamente. Em breve ouvirão falar de mim com meus joguinhos divertidos. Guardei alguma substância vermelha em uma garrafa de cerveja de gengibre para escrever, mas estava tão espessa como cola e não pude usá-la. A tinta vermelha é boa o suficiente, espero, ha, ha. No próximo trabalho cortarei as orelhas das senhoritas e as enviarei à polícia para me divertir. Mantenha esta carta em segredo até que eu tenha feito um pouco mais de trabalho e depois publique-a logo de cara. Minha faca é tão bonita e afiada que quero começar a trabalhar agora mesmo, se eu tiver uma chance. Boa sorte.

Sinceramente seu,

Jack, o Estripador.

Não se incomode por eu estar dando meu nome profissional. Não estava bem o suficiente para enviar isto antes de tirar toda a tinta vermelha das minhas mãos. Maldita seja. Sem sorte ainda, agora dizem que sou médico, ha, ha."[5]

De volta ao seu quarto, apressado, Heyke vasculhou os bolsos do sobretudo onde estaria o envelope que achou naquela noite. Tinha se esquecido dele. O encontrou no bolso interno e tratou de abri-lo. Continha outra carta. Suor frio molhou sua testa quando passou os olhos sobre o fino papel, com rasuras e erros ortográficos por toda parte. Seu conteúdo era o seguinte:

"Olá caçador,

Sabia que meu trabalho iria, eventualmente, chamar sua atenção. Sabia que visitaria o local do meu último projeto, então espero que encontre esse recado. Para a polícia e para a imprensa farei meu jogo, mas com você pensei em algo diferente. De qualquer forma, penso em lhe enviar uma cópia de uma epístola que enviei à Agência Central de Notícias.

Há um ano você tirou algo de mim, aquilo que mais perto de uma família eu já tive. Agora, enquanto busco alimento, vou deixar uma marca nessa cidade imunda. As garras e presas são boas, sim, mas o prazer da faca é indescritível. Venha atrás de mim, se puder, caçador. Somente estava esperando sua chegada para retomar meu jogo. Vamos nos divertir."

E, assim como na primeira carta, ele assinava:

"Jack, o Estripador"

Um vampiro.

II.

Heyke apertou as contas do seu rosário com força. A simples menção que aquelas mulheres teriam sido vitimadas de forma cruel por um sádico vampiro que queria chamar sua atenção lhe fazia ter enjoo. A carta que ele encontrou repousava na cama, ao seu lado. Sentado, apenas de camisa branca e calças, orava em busca de orientação e proteção.

— Estou vestido com as roupas e as armas de Jorge...

Recitava, quase automaticamente.

O maldito o estava vigiando. Nos telhados da Hanbury Street. E quem sabe o estaria agora? Se um menino de rua o encontrou no mercado... A maioria das lendas concordavam que um ser da noite não podia entrar em um lugar sem ser convidado. Muito menos durante o dia. Se entrasse, Heyke daria cabo dele. Seria até melhor, evitaria mais mortes.

Não podia contar com isso. Deveria sair. Afinal, ele era o caçador. Se levantou e conferiu seu arsenal. O Colt estava carregado com seis balas de prata. Não tinha munição reserva. Sua espada longa não seria o ideal agora, principalmente nas ruas estreitas de Whitechapel. Deveria usar a katana que, além do mais, poderia esconder embaixo da capa. Olhou as horas e eram duas da tarde. Assim que anoitecesse iria sair e fazer uma patrulha. Seria arriscado com a polícia vigilante, mas não podia ficar ali parado, esperando mais mulheres morrerem.

Às 17h40 já estava bem escuro e decidiu começar. Na saída cruzou com o assistente do dono da Miller's Court, um homem chamado Thomas Bowyer, militar reformado do exército da Índia, chamado por ali de Indian Harry, apesar de não ser indiano, que o cumprimentou com a cabeça de forma automática. Não viu sinal da jovem Ginger e seu companheiro. Caminhou pelas ruas ao redor da Igreja de Cristo, a capela branca na Commercial Street. Também desceu para o sul até a Whitechapel High Street e a seguiu até as cercanias do London Hospital. Aparentemente enfim o medo do assassino assustou a população. As ruas nunca estiveram tão vazias, nem mesmo após as mortes de Polly e Dark Annie.

Ouviu conversas escondido, principalmente de guardas que faziam a ronda em dupla, que a polícia não estava nada satisfeita com a atitude da imprensa. Cada vez mais os tablóides revelavam informações, até então sigilosas, sobre o caso. Além de espalhar o pânico, estavam atrapalhando as investigações apenas para vender mais jornais. Um guarda perto da King Edward Street disse pensar que muitos dados divulgados eram falsos, forjados pelos jornalistas para criar conteúdo.

Perto do amanhecer, Heyke voltava para o alojamento, cansado e desgostoso. Nenhum sinal do maldito. Na entrada para seu quarto percebeu uma movimentação grande no quarto contíguo. No alojamento 13 podia-se ouvir as vozes de pelo menos umas quatro mulheres. Era comum que as mulheres sem lar de East-End dividissem as hospedagens para poupar custos. E certamente estariam todas com medo de irem às ruas.

Heyke dormiu o resto da manhã e acordou quase às 14hs do dia 30 de setembro. Decidiu comer algo mais substancial e procurou um pub que servisse peixe frito e batatas. O proprietário, um irlandês católico de suiças ruivas e dentes escuros, vendo o branco do seu colarinho do sacerdócio, lhe ofereceu uma caneca de cerveja por conta da casa. Heyke agradeceu com uma benção ligeira. Mesmo de dia, estava tenso. Olhava por cima do ombro cada vez que a porta do bar era aberta. O Colt estava oculto no cinto. A katana atada no interior do sobretudo. Bastava olhar ao redor para sentir que todos estavam como ele. Desconfiando de tudo. Qualquer um poderia ser o Estripador.

Os ingleses eram, em boa parte, nacionalistas ao extremo. Mesmo ali em Whitechapel, reduto dos excluídos do resto da cidade, os estrangeiros e os não-anglicanos eram hostilizados. Mesmo com o judeu John Pizer dispensado pela polícia, o senso comum dos populares era que o Estripador era um judeu. Heyke já vira o que o antissemitismo europeu causava, seja nos pogroms do leste do continente ou nas antigas inquisições. Os descendentes de Jacó eram o bode expiatório de todos os problemas que os europeus não queriam assumir como seus.

Às 19h se preparou para sair novamente para sua ronda. Se armou com as estacas e o facão. Na rua viu Ginger e as moças que estavam dividindo o quarto com ela, arrumadas para trabalhar, indo em direção a Shepherd Street. Ela o viu de longe e acenou timidamente com a mão. Ele deveria dissuadi-la e convencê-la a ficar em casa. Deveria lhe revelar que Jack era um vampiro? Talvez a convenceria mais se pudesse dar-lhe algum dinheiro. Ela se arriscava unicamente pela extrema pobreza. Infelizmente não dispunha de mais do que o necessário para sua própria manutenção, então não poderia lhe ajudar nesse quesito. O que deveria fazer era capturar o assassino o quanto antes.

Foi perto da uma da manhã, com as ruas nem tão vazias quanto ontem, com vários pubs e bancas de frutas ainda abertas que Heyke percebeu um distúrbio. Andava pela sombria Greenfield Street sentido sul quando duas mulheres correndo passaram por ele. Seu primeiro instinto foi levar a mão ao revólver e olhar para cima. Como encontrou a carta após ver uma movimentação, julgou que ele usava os telhados para se locomover sem ser visto. Alguns passos depois, outra mulher passou apressada, tão desnorteada que mal o viu.

— Liz! Onde ela está?

Heyke apertou o passo. Seguiu em direção de onde as mulheres vinham e acessou a Berner Street. Pensou ter ouvido um grito. Correu. No quintal que, naquele momento não deu importância ao detalhe, mas depois ficou sabendo se chamar Dutfield's Yard. Foi onde ele viu.

Uma mulher jazia no chão, rente a parede de tijolos do edifício. Usava preto que praticamente a ocultava na escuridão. Sobre ela, abaixado, com uma capa negra caindo pelos ombros e um chapéu de feltro, segurando uma faca de 20 cm pronto para continuar sua obra. Quando Heyke se aproximou, ele o viu e lhe dirigiu um olhar terrificante, vermelho como as chamas do inferno. Heyke jurava que era capaz de ver seu sorriso malicioso, perverso, com suas presas salientes.

O caçador puxou a arma com a destra e o facão com a esquerda, mas antes de conseguir disparar o maldito se ergueu e avançou contra ele, o derrubando contra as pedras. Não saiu incólume, no entanto, pois o fiel facão do caçador transpassou algo. Heyke buscou se levantar o mais rápido possível, e ouviu o relincho assustado de um cavalo que puxava uma carroça prestes a entrar no pátio. O homem rolou e buscou as sombras para evitar ser pisoteado. Ouviu o condutor da carroça ralhar com o animal que se recusava a entrar no quintal. Certamente não viu o vampiro em fuga.

Na penumbra, apenas quebrada pelo parco e enevoado luar, Heyke viu o homem descer da carroça e, com seu chicote, tatear o espaço em busca do que estaria assustando o cavalo. Por muito pouco não foi cutucado pelo flagelo. Então ele achou a mulher.

— Céus! — exclamou.

A contragosto, Heyke precisou esperar o homem sair para poder se levantar. Perdeu muito tempo, naquele momento o desgraçado já estaria a certa distância. Se lembrou do outro dia e buscou os telhados, escalando apressadamente. Chegou no terraço do prédio da Working Men's Educational Club a tempo de ver o dono da carroça voltar de dentro do prédio com outros dois homens portando castiçais para examinar melhor o corpo da mulher. Nas paragens ao redor, Heyke não viu sinal do assassino.

— Maldição! — ele exclamou frustrado.

Enquanto mais pessoas se aglomeravam lá embaixo ao redor da pobre mulher, Heyke saltou para o acesso mais próximo e desceu novamente até a rua. Precisava pensar. Ele feriu Jack com seu facão. O sangue escuro do amaldiçoado sujava sua lâmina. Se não estivesse tão escuro talvez ele conseguisse seguir o rastro. Mas deveria haver outra forma. O cavalo se assustou quando o vampiro fugiu. Pela posição da carroça, ela vinha da Fairclough Street. Aparentemente o cocheiro não o viu, então o vampiro foi para o outro lado.

O caçador seguiu para a Commercial Road, ao passo que cada vez mais curiosos vinham para a Berner Street. Ouviu em uníssono os apitos dos vigilantes. Foi no cruzamento com a Whitechapel High Street que duas diligências com uma dezena de agentes da polícia metropolitana o cercou. Encabeçando a comitiva, reconheceu o renomado inspetor Frederick Abberline, calvo e com um farto bigode..

— Parado! Pro chão! Agora! — intimou o detetive, enquanto os guardas jogavam a luz de seus lampiões e apontavam suas armas.

— Senhor inspetor... está cometendo um erro...

— Calado! Pro chão!

Um guarda se adiantou e golpeou Heyke nas pernas com seu cacetete de madeira, o obrigando a dobrar os joelhos. Um segundo oficial, tomado por excesso de zelo profissional ou pura e simples crueldade, o golpeou nas costas forçando o caçador contra o chão. Heyke sentiu os homens o desarmarem.

— Então o pegamos, senhores. Pegamos o tal monstro de Whitechapel.

— Senhor inspetor... — Heyke tentou manter a calma na voz, mas Abberline não queria ouvir.

— Sobretudo longo, chapéu, uma faca ensanguentada... A descrição bate com os testemunhos. E novamente nos vemos próximos ao local de um crime. Sei que era você nos telhados alguns dias atrás.

— Deveríamos matá-lo agora mesmo. — disse um dos guardas, quando os dois que derrubaram Heyke o prendiam em grilhões atrás das costas.

— Não! Não vamos nos rebaixar ao seu nível. — Abberline repreendeu o soldado. — Levem-no para o cárcere. Será julgado e despojado, e daí então verá a forca.

— Inspetor, veja isso. — o agente que desarmou Heyke tirou de seu bolso seu anel e entregou a Abberline. Ele examinou o artefato com ajuda de um lampião.

— Um anel da Nobilíssima e Mui Antiga Ordem da Jarreteira? "Honi soit qui mal y pense"[6]... Ora, temos um cavaleiro do reino, senhores.

— E um padre. — disse o guarda que segurava Heyke, abaixando a gola do casaco e relevando o clérgima.

— Disso os jornais vão gostar.

— Chega!

Heyke se ergueu de súbito, jogando para trás com uma cabeçada o primeiro policial. Livrou uma mão da algema com um truque de escapismo e dominou o segundo guarda, passando a corrente do grilhão pelo seu pescoço, o usando como escudo humano. Com a mão livre pegou a arma do soldado do coldre. Os oito policiais e Abberline engatilharam seus revólveres.

— Maldito seja! — a voz de Abberline tremia.

— Inspetor, me escute, e ninguém precisa se machucar. Não sou quem está procurando. Estamos do mesmo lado aqui. Também estou à caça do Estripador.

— Cavaleiro, padre e policial também?! — debochou o inspetor.

— Sou um caçador. O assassino não é o que o senhor pensa. Mantenha seus homens fora do caminho, se não poderão se machucar.

— Isso é uma ameaça?

Heyke ia usar seu último gole de paciência quando todos ouviram o grito. Era distante, mas na calada da noite e com ajuda do vento ecoou claramente até eles. Vinha do lado oeste. O detetive trocou um olhar de desespero com o caçador. Os guardas não sabiam o que fazer.

— Abaixem as armas, homens — disse Abberline, abaixando a cabeça. Os agentes vacilaram. — Abaixem suas armas agora!

Um a um eles obedeceram. Heyke abaixou a arma que roubara do guarda e em seguida o soltou.

— Temos pouco tempo. — disse para Abberline.

— Sim, Sir.

Eram 1h46. Segundo os sons dos apitos dos guardas e os murmúrios dos civis, Heyke, Abeerline e seus homens seguiram para Mitre Street, na City of London, distrito ao sul de Whitechapel. Ali, uma estreita passagem para a praça Mitre Square, um quadrilátero cercado por edifícios, estava entupida de agentes e curiosos. Chegaram por volta das 2hs e Abberline abriu caminho e permitiu que Heyke o acompanhasse. Na calçada à direita da entrada da praça, estava o corpo aberto de uma mulher.

Deitada de costas, com as pernas abertas e as roupas erguidas, a mulher trazia um corte desde a virilha até o meio do peito. Seus intestinos foram removidos e deixados sobre seu ombro direito. Seus braços estavam afastados do corpo, palmas das mãos para cima. Seu pescoço estava profundamente cortado, de orelha a orelha, e seu rosto machucado em diversos pontos, inclusive nos olhos. Seu nariz e sua orelha direita foram cortados. Os demais observadores não tinham como analisar esse detalhe, mas Heyke percebeu que o sangue espalhado ali era pouco, pela extensão da agressão. O desgraçado se alimentou.

O corpo foi encontrado pelo policial Edward Watkins. Ele declarara para Abberline:

— Passei pelo local à 1h30, mas nada havia naquele canto. Passei lá de novo à 1h45, e, entrando na Mitre Square do lado direito vi o corpo diante de mim.

Heyke concluiu que o grito que ouviram foi do policial. A vítima nem teve chance de gritar. Se não tivesse perdido tempo com Abberline, talvez ela não teria morrido.

— Ele ainda está por aqui... — sussurrou para si enquanto deixava a Mitre Square.

Precisou abrir caminho pela pequena turba aterrorizada. Na Aldgate com a Duke Street, enfim vazia, escalou o edifício de esquina para ter alguma visão da área. O vento frio era um alívio bemvindo no seu rosto. Uma leve garoa começava. A escuridão tomava toda a cidade, apenas cortada por esporádicos postes de luz a gás ou fogueiras. Para onde ele poderia ter ido? Após quase dez minutos, quase desistindo, Heyke viu algo se mexer nos telhados na direção nordeste.

Saltou imprudentemente para o solo aterrissando com um rolamento e em seguida correu. Subiu a Aldgate Street até o cruzamento com a Middlesex. Escalou novamente, se valendo de uma carruagem estacionada para conseguir apoio. Naqueles telhados de barro e concreto das pequenas casas residenciais, ele o estava esperando.

Sua capa esvoaçava ao vento. Seu chapéu projetava ainda mais sombra do seu rosto tomado de maldade e deboche. Ele limpava seu peito, local do corte que recebera do caçador no Dutfield's Yard, com um retalho de tecido branco, provavelmente o pedaço do avental ausente da sua última vítima. Soltou o trapo que foi levado pelo vento sentido leste e caiu na rua abaixo, à sua esquerda. Ele sorria monstruosamente.

Heyke já tinha visto muitos vampiros na sua vida, mas nenhum como aquele. Transfigurado, ele não trazia a brutal e crua selvageria dos amaldiçoados, vítimas de uma sede da qual não conseguiam controlar. Pobres desgraçados que não encontrariam cura neste mundo nem descanso no próximo. Não, Jack era diferente. Era tão... humano. Na pior das interpretações dessa palavra. Seus olhos não eram como de um animal selvagem, mas de alguém frio e calculista. Um tipo particular de monstro.

— Contemplai, caçador. Contemplai minhas obras, e desesperai-vos!! — disse, uma voz rouca e cavernosa, abrindo os braços, parafraseando Ozymandias de Shelley, errando o verbo.

Heyke não quis saber, sacou o Colt — que Abberline fez a gentileza de lhe devolver — e atirou. O projétil atingiu o lado esquerdo do Estripador, que cambaleou com dois passos para trás, colidindo com as telhas, mas não caiu. Segurou o grito. Ele tinha acabado de ingerir sangue, estava mais forte do que o normal, não iria morrer, mas ainda assim foi ferido. Seus olhos vermelhos chisparam como chamas.

Em menos de um segundo estava sobre Heyke, sua mão direita em seu pescoço, apertando forte, como deveria fazer com suas vítimas antes de lhe cortar a garganta. Com a esquerda segurava o punhal. O caçador atirou novamente, à queima-roupa, mas não conseguiu mirar o coração. Dessa vez ele gritou, não ficou claro se de dor ou de ira. No instante seguinte Heyke estava contra o telhado, com o Estripador sobre ele, suas presas escuras a menos de um palmo de seu rosto. Tentou atirar novamente, mas Jack o desarmou, atirando o revólver para longe. O vampiro perfurou o lado direito de Heyke, abaixo da costela. Sua mão ainda apertando a traquéia do caçador. Algumas telhas se partiram embaixo de suas costas.

— Pela Fay... — balbuciou Jack entre dentes. Heyke sentiu outra estocada da faca. E mais outra, e outra e outra...

— Não!!

A katana decepou a mão esquerda de Jack que rolou pelas telhas, junto com a faca. Heyke conseguiu sacá-la antes do próximo ataque. O monstro gemeu e fez algo que lembrava um rosnar. Soltou a mão que sufocava o caçador para segurar o toco de seu membro mutilado. Heyke aproveitou para se livrar de seu domínio, o chutando para longe. Tentou usar a espada novamente mas a dor o atrapalhou e sua investida passou longe do objetivo. Se levantou torpe, todo o lado direito queimava de dor. Buscou o Colt com os olhos e o encontrou na mureta da chaminé. Precisava ser rápido. Usando suas últimas forças deu três passos até a arma, mas quando a agarrou e se voltou para o inimigo, Jack havia sumido. Ele e sua mão decepada.

Ofegante, Heyke dobrou o joelho, derrotado. Estava perdendo muito sangue. Lá embaixo, podia ouvir os apitos policiais. Os tiros devem ter atraído a atenção. Precisava sair dali. Se ergueu e caminhou até a beirada, guardando suas armas no cinto. Desabou feito um saco de batatas no chão de um quintal quando tentou descer.

Deve ter apagado. Despertou com as vozes dos policiais, do outro lado da rua, que saberia depois se chamar Goulston Street. Os guardas não o viram, ocultado pelas cercas e pelas trevas.

— Superintendente Arnold, encontramos esse pedaço de pano com sangue de frente a esse grafite. — ouviu um oficial relatar ao seu superior.

— "The Juwes are the men That Will not be Blamed for nothing". — alguém, provavelmente o superintendente, leu a inscrição. "Os Juwes são os homens que não levarão a culpa sem motivo". — Apaguem isso imediatamente! Antes que os jornalistas vejam.

— Mas senhor, é a cena do crime!

— Não precisamos de uma reação antissemita. Já basta esse bastardo assassino.

Arnold deve ter entendido que a inscrição se referia aos judeus (Jews, em inglês) mas seu autor não sabia escrever corretamente. Mas Jack não tinha nada a ver com isso. Pelo menos era o que Heyke pensava.

Apagou novamente. Quando voltou a si ainda estava jogado naquele quintal de terra. Ainda estava escuro. Sua cabeça doía. Ouviu o galope de um cavalo. Ouviu passos perto dele. Sentiu mãos firmes o erguerem pelas axilas. O mundo girava. O frio o consumia. Uma voz dançava pelo espaço entre a vida e a morte.

— Aguente firme.

III.

A cordou na sua cama alugada no número 15 da Miller's Court. Era dia e havia uma compressa sobre sua testa. Seu casaco estava pendurado, assim como seu chapéu. Suas botas, com crostas de barro seco, estavam ao lado da cama, do lado de uma bacia de cobre cheia de panos sujos de sangue. Tentou se levantar, mas o mundo ao redor ainda girava. Sentiu curativos no seu tronco, do lado direito. Seu rosário estava ao redor do seu pescoço com a cruz pousada em seu peito nu.

— Que bom que despertou, padre! Estava muito preocupada! — Quem disse foi Ginger, entrando em seu campo de visão. A garota estava de vestido branco, com as mangas enroladas e o cabelo cor de gengibre solto em cachos. Era tão longo que chegava a sua cintura. Sua mão quente tocou a testa de Heyke. — Ótimo, a febre passou. O senhor é forte, as feridas já estão se fechando. Se fosse outro teria morrido.

— Ginger, quanto tempo eu...?

— Cinco dias. Hoje é 5 de outubro.

— Como eu vim pra cá?

— Isso não sei dizer. Faltavam uns quinze minutos para o amanhecer e, voltando para meu quarto, vi um homem deixá-lo na calçada. Thomas, o assistente, me ajudou a trazê-lo para dentro. Estava ardendo em febre e muito ferido. Queria levá-lo ao hospital, mas entre delírios o senhor disse que não. Desde então procurei cuidar de você.

— Ginger, eu... — Heyke não sabia como retribuir o gesto da jovem. Apenas podia lhe olhar com gratidão.

— Foi ele, não foi? O tal Jack, o Estripador.

— Como sabe esse nome? — Heyke se assustou, só ele conhecia a carta.

Ginger se levantou e pegou na mesa uma pilha de jornais. O primeiro deles, Daily News, com data do dia 1º de outubro, trazia a publicação do teor carta que o garoto entregou a Heyke. Como o assassino avisou, havia uma cópia. Desde então o mundo conhecia o nome de Jack. Outro periódico, o The Illustrated Police, trazia o chamado evento duplo do dia 30 de setembro ricamente ilustrado. As vítimas foram identificadas como Elizabeth Stride, 45 anos, morta no Dutfield's Yard; e Catherine Eddowes, 46 anos, na Mitre Square. Exames de necropsia constataram que o útero e o rim direito de Eddowes foram levados.

O outro jornal, o The Star, em sua edição noturna do dia 1º, trazia a publicação de uma segunda correspondência. Tratava-se do texto extraído de um cartão postal. O Evening Standard de 4 de outubro trazia a fac-símile do cartão (assim como da primeira carta). Estava sujo de sangue. Ele foi recebido pela Agência Central de Notícias. Estava datado de 30 de setembro e com carimbo de postagem do dia seguinte. Uma fotografia do item também estampava a página do Daily News. A missiva, novamente com erros ortográficos, dizia o seguinte:

"Eu não estava brincando querido velho Chefe quando eu lhe dei a dica, você ouvirá sobre o trabalho do Insolente Jacky amanhã evento duplo desta vez a número um gritou um pouco e não pude terminar logo de cara. Não tive tempo de tirar as orelhas para a polícia Obrigado por manter minha última carta em segredo até que eu volte a trabalhar novamente.

Jack, o Estripador"[7]

A matéria apontava que, apesar de alguns investigadores considerarem as cartas fraudes criadas por engraçadinhos, era notável como elas traziam informações precisas sobre os crimes, como o fato do suposto Jack ter a intenção de extrair as orelhas das vítimas (Eddowes teve a orelha direita cortada, e Stride nem chegou a ter o ventre aberto pois ele foi interrompido por Heyke) e citar o evento duplo da madrugada do dia 30.

As outras edições mostravam a confusão da polícia, completamente perdida. As cartas foram reproduzidas em cartazes que foram colados nas paredes das delegacias, para alguém poder identificar a caligrafia. Protestos começaram a eclodir, cobrando das autoridades alguma ação. Cansados desse descaso, um grupo de cidadãos mais abastados resolveu se apresentar como o comitê de vigilância de East-End. Presidido pelo sr. George Lusk, um construtor e decorador de teatros. O comitê já existia, e Lusk o presidia desde o dia 10 de setembro, mas só então os jornais lhe deram algum destaque.

— Esse Estripador é um deles? — questionou Ginger, tirando Heyke da sua leitura. Ele estava tão absorto que demorou um instante para processar a pergunta da moça.

— Sim. — disse somente.

Ginger se levantou e, com os braços ao redor do corpo, ficou olhando as paredes do pequeno quarto. Certamente a lembrança daquele evento na sua infância ainda era traumática. Uma de suas irmãs pereceu antes que Heyke pudesse deter o covil de três transformados errantes. Levou quase um mês para encontrá-los e destruí-los. Infelizmente o caçador já viu muitas famílias traumatizadas assim.

Ela se aproximou da mesa onde estavam os pertences do caçador, e só então ele percebeu que a katana, o facão e o revólver estavam ali. A espada longa estava do jeito que ele deixou. Ele percebeu que ela queria fazer mais perguntas, mas não sabia como começar.

— A espada curva, — ela apontou para a katana. — é exótica. Nunca vi nada igual.

— É do extremo oriente. Ganhei em uma das minhas viagens.

— Chinesa?

— Japonesa. Se chama katana, é a arma inseparável dos guerreiros samurais.

— Perdão, mas sou ignorante nesses assuntos. — ela sorriu como uma criança envergonhada. — essa aqui já vi parecida nas paredes dos ricos. Das casas que trabalhei. Também ganhou nas suas viagens?

— Não, essa ganhei na minha terra natal. Na verdade, herdei do meu senhor.

— Fala como se já tivesse sido servo.

— Já fui coisa pior. — As memórias eram um vulto na mente do caçador. Mas seria bom por algo para fora. — Eu era um órfão mendigando nas ruas quando meu senhor me acolheu, me vestiu e me alimentou. No seu domínio aprendi a cavalgar e a lutar. Poucos anos depois marchava ao seu lado rumo à guerra.

— Já lutou numa guerra? Digo, guerra normal, e não essa contra as... sanguessugas.

— Sim, minha jovem. Na verdade, foram várias guerras.

— Padre Heyke, me permite perguntar uma coisa pessoal? — Ginger se virou com as mãos postas no colo. Heyke incentivou que prosseguisse com um aceno. — O senhor está com a mesma aparência de vinte anos atrás... está se recuperando de uma agressão fatal em pouquíssimo tempo e sem cuidados médicos avançados... diz que lutou em várias guerras, mas nos últimos anos o império não se envolve em tantos conflitos... afinal, quantos anos tens? Não aparenta mais que 40. O que o senhor é?

Heyke já foi confrontado várias vezes com essas questões, até por ele mesmo. Mas mesmo assim não ficava fácil responder.

— Não sei ao certo em que ano nasci. Como disse, fui órfão e muito pobre, não tive o devido registro de nascimento. Mas era junho de 1191 quando desembarquei na Terra Santa, na comitiva de meu senhor, o Barão Godfrey de Saint George, sob o comando do rei Ricardo Coração de Leão. Eu tinha cerca de dezesseis anos.

— Mas... como? O senhor teria mais de 700 anos! — Ginger caiu atônita na cadeira ao lado da cama.

— Isso é uma longa, verdadeiramente longa história. Resumidamente tem a ver com isso. — Heyke girou na cama, suportando a dor, para mostrar suas costas para Ginger. Entre muitas cicatrizes, no centro, na altura dos ombros, uma marca de queimadura de um círculo perfeito, com outros dois círculos concêntricos. A área maior da figura tinha cerca de 15 cm de largura. — Magia antiga, cobiçada pelos alquimistas e ocultistas, dominada por poucos sábios do deserto. Não se preocupe, querida, não sou um deles. Já me viu debaixo do sol.

— Todos eles... sabe, os sanguessugas, todos eles não podem com o sol?

— Até onde sei, o sol é fatal para todos eles. Desde a ralé até os puros-sangue. Estes mal saem de seus covis, sendo servidos pelos de classe inferior como uma monarquia que acham que são.

— Então eles são organizados? Como uma sociedade? Pensei que fossem simplesmente monstros.

— Durante anos eu busquei entender. — Heyke tentou sentar na cama, mas as costelas ainda doíam. Após segurar um gemido, continuou. — Concluí que no topo estão os puros-sangue, que já nasceram vampiros. Seu ancestral, o primeiro dentre todos, eu ainda desconheço. Eles costumam se unir entre si em algo parecido com os casamentos humanos, criando clãs e dinastias. Podem gerar filhos. Às vezes, copulam com humanos e geram mestiços. Estes podem apresentar diferenças e serem quase humanos. Um puro-sangue, ao seu bel prazer, escolhe quem ele acha que será útil para seu clã dentre os homens e oferece sua maldição, o transformando. Ele dá o seu sangue demoníaco ao humano. Esses transformados de primeira classe servem ao seu mestre. Estéreis, não conseguem gerar filhos, mas podem transformar outros humanos, que se tornam a forma mais comum e fraca dos vampiros. Estes não conseguem transmutar humanos, muito menos gerar filhos. São tecnicamente mortos-vivos, que originaram a maioria das lendas.

Ginger ficou em silêncio, pensando. Heyke já viu aquele olhar muitas vezes. Para muitos, era mais confortável que essas verdades continuassem nas sombras. Para isso ele e aqueles como ele deveriam fazer o que faziam.

Alguém chamou à porta. Ginger saiu de seu transe pensativo e foi atender. Era seu companheiro, o Sr. Barnett. Falaram baixo fora da visão de Heyke, mas ele percebeu que discutiam.

— Preciso ir agora. — a jovem lhe disse. Não esperou resposta e saiu do quarto 15.

Heyke ficou sozinho com os jornais espalhados pela cama e suas dores. Apesar da longevidade, esteve a um passo da morte. Precisaria de mais tempo para se recuperar totalmente. O que o levou à seguinte questão: quem o resgatou? Não tinha aliados na cidade naqueles dias. Os poucos caçadores da Ordem que restavam estavam ao norte. Sua amiga Sacerdotisa, a ruiva de olhos bicolores, da última vez que a viu, estava em Viena. Teria sido Abberline? Não, uma hora antes ele queria prendê-lo.

A dúvida o remoeu pelos dias seguintes. Precisou de mais cinco dias até estar aceitavelmente bem. As feridas em seu lado direito se fecharam, restando cicatrizes que iria levar, junto com as demais, até o fim dos seus dias. Ginger aparecia uma vez por dia para vê-lo, trazendo pão e uma sopa. Heyke lhe deu alguns pences pela ajuda. A moça não recusou a oferta.

Na noite daquele dia 10 de outubro, um homem desconhecido bateu à sua porta. Atendeu com receio. Era um homem negro e alto, bem vestido e com um gorro africano multicolorido.

— Que bom que está recuperado, Sir Heyke.

— Quem é você? Como me conhece? — a mão de Heyke buscou alguma arma. O que estava mais próximo era sua espada longa.

— Acalme-se, por favor. — ergueu as palmas das mãos na altura do peito. — Meu senhor e mestre gostaria de ter com o senhor. Prometo que será rápido.

— Não respondeu às minhas perguntas. — Heyke puxou a espada para junto de si e passou a mão pela empunhadura.

— Sou Agrantis. Na madrugada do último dia 30 eu o tirei da Goulston Street e o trouxe para cá.

Desconfiado, Heyke deu dois passos para trás. O homem continuou onde estava.

— Não pode entrar, a menos que eu o convide, não é?

— Naturalmente.

Vampiro. Como assim um vampiro o salvou? Para saber a resposta, deveria aceitar a proposta e ir conversar com esse tal mestre. Mas levaria a espada, por via das dúvidas. Agrantis não se opôs.

Então embarcou na carruagem que o homem deixou parada na Dorset Street. Agrantis abriu a porta para Heyke entrar na cabine e ele próprio tomou o lugar do cocheiro. O caçador conferiu o relógio de bolso e viu que eram 20h08. O veículo foi conduzido para o oeste. Eram 20h56 quando chegaram a um casarão antigo erguido na região das docas do Tâmisa, perto da Buck's Row, onde Polly foi morta. O prédio por fora parecia deteriorado e mal cuidado, mas logo o caçador veria que seu interior era completamente o oposto. Heyke pensou que o lugar era perfeito para a aristocracia vampírica.

Desceu no pátio central e Agrantis o conduziu mansão adentro. A iluminação era rica, graças aos castiçais de latão e ouro. Observou que as janelas eram seladas, para que o sol não penetrasse durante o dia. Subiram as escadarias até um grande salão, próprio para bailes. Um lustre de cristais de procedência russa era o destaque. Na extremidade oposta do recinto, em um cadeirão de madeira decorada, havia um rapaz. Ao seu redor, homens e mulheres de diferentes etnias, todos ricamente vestidos. Eles olhavam com um misto de repulsa e curiosidade para o caçador.

— Sir Heyke Scott, cavaleiro da antiga Ordem de São Jorge, atual Ordem da Jarreteira. Irmão da Congregação do Imaculado Coração da Igreja de Roma. Medjai proscrito das Areias Negras. Samurai honorário do Xogunato Tokugawa. Bem-vindo. — saudou o rapaz na cadeira. Apesar da face jovial, ainda que extremamente pálida, que aparentava seus vinte anos, tinha os cabelos tão grisalhos quanto os de Heyke. Usava um manto bordô sobre a casaca preta. — Sou Calisto Albu Ardelean, chefe do clã Juwes.

Juwes, a palavra que estava pichada na Goulston Street. Palavra que o oficial da polícia pensou se referir aos judeus. Palavra que Heyke, segundo se lembrava, se referia a uma lenda maçônica[8]. Teriam esses vampiros alguma associação com os maçons? Pois de certo eles consideravam Whitechapel seu território.

— A que devo a honra? — disse Heyke, cordial mas tenso. Eles sabiam demais sobre ele. Demais.

— Soube que veio a East-End para lidar com esse tal Jack Estripador.

— Um dos seus vampiros...

— Não! — Calisto se exaltou e quase se levantou do cadeirão. A mão de Heyke foi automaticamente ao pomo da espada em sua cintura. Os presentes se assustaram, mas não saíram do lugar. — Perdoe meus modos. Esse tal Jack não pertence ao clã Juwes. Se foi criado por um dos nossos, foi em segredo, sem minha permissão. Ele é uma ameaça. Põe em risco nossa discrição e nossos negócios. Estamos nessa área de Londres há séculos, sem conflitos, sem alarde. Aposto que nunca ouviu falar de nós até hoje. Sobrevivemos ocultos, como parte da sociedade londrina. Somos banqueiros, industriais, políticos… ora, às vezes uma mãe não tem condições de criar seu filho, então ela o entrega para nós. Cuidamos da criança, lhe damos abrigo, comida, educação, emprego nas nossas fábricas… Em troca, só pedimos uma pequena porção de seu sangue. Não precisamos ir às ruas, promover a carnificina como outrora. Não, nossos orfanatos estão cheios.

Heyke chupou os dentes. Ouvir o vampiro discursar como se fosse, na verdade, um benfeitor, era insuportável. Mas ainda estava curioso com seu convite.

— Então porque não lidou com o Estripador você mesmo? — ele provocou. Calisto revirou rapidamente os olhos.

— Eu tentei. Enviei espiões, infiltrei homens na Agência de Notícias e na polícia metropolitana. Infiltrei mulheres nos bordéis e nos hospitais. Até me usei dos meus acólitos. — por acólito ele se referia a humanos que, desejando ser uma criatura da noite, servia aos vampiros em troca de, se agradar bastante o seu mestre, ser transformado em um deles. Heyke os considerava a pior das escórias. — E sabe o que recebi de volta? Veja.

Calisto puxou uma folha de jornal e estendeu para Agrantis. Este ofereceu o item a Heyke. Era o Daily News de ontem, dia 9, que falava sobre a necropsia realizada no torso de uma mulher que foi encontrado no dia 2 no porão do novo prédio da Scotland Yard, ainda em obras, em Whitehall, Westminster. Cabeça e membros foram cortados. O torso estava em processo de decomposição, a mulher deveria estar morta há seis semanas. Não havia meios de identificar a vítima. O legista indicou, contudo, que deveria ser uma mulher jovem, de relativa boa saúde, menos por um pulmão comprometido. Um braço que tinha sido encontrado antes, boiando no Tâmisa, pareceu pertencer à vítima, pois o corte coincidia. O corpo estava enrolado em uma anágua preta e atado com uma corda.

—Uma de suas acólitas, suponho.

— Emma. Ela era muito mais para mim… — Calisto fez uma

expressão que pareceu tristeza. Nesse instante Agrantis trouxe, Heyke não viu de onde, uma bandeja com algo coberto por um tecido de seda vermelho. Calisto puxou o pano e Heyke viu, em um grande jarro de vidro tampado com uma rolha chata de cortiça, em uma solução esverdeada que julgava ser álcool, uma cabeça de mulher. Tinha cabelo castanho e longo, boiando fantasmagórico no líquido. O pescoço da mulher foi decepado em um corte limpo. Seus olhos estavam abertos e leitosos. Nódoas de sangue estavam depositados no fundo do jarro. — Pobre Emma... deixaram esse pacote aqui há dois dias... — Calisto acariciou o vidro. Heyke até sentiu pena.

— Acha que foi obra do Estripador? Esse não é o estilo dele.

— Não sei o que é, caçador. Talvez ele mudou a tática para despistar a polícia. O aviso era pra mim. Somente pra mim. Mas não tenho certeza. Por isso o chamei aqui. São tempos estranhos. Para o bem comum, enquanto esse tal Jack, se esse for mesmo seu nome, não for detido, devemos, nosso clã e você, firmar um pacto.

— Prossiga.

— Garanto que nenhum dos meus Upir[9] vai se pôr em teu caminho. E se precisar de alguma assistência de qualquer espécie, logística ou financeira, posso lhe oferecer. Só peço que leve essa boa vontade em consideração e, enquanto estiver em East-End, não nos perturbe.

Heyke não estava nem um pouco a fim de formar uma aliança com seus inimigos juramentados. Mas ponderando bem, era bom ter garantias que eles não iriam atrapalhar enquanto trabalhava no caso do Estripador. Pensou em aceitar a ajuda monetária oferecida, mas desistiu em seguida. Não iria querer o dinheiro sujo desses amaldiçoados. Os presentes na sala esperavam sua resposta. Eram uns vinte. Percebeu que todos, homens e mulheres, levavam as mãos às vestes, prontos para sacar alguma arma caso sua resposta fosse negativa. Suas chances seriam pequenas contra todos eles.

— Pois bem. Temos um acordo. — disse, e no mesmo momento viu um sorriso satisfeito surgir nos lábios finos de Calisto. Suas presas amareladas apareceram e refletiram na superfície do jarro com a cabeça de Emma. Os outros na sala relaxaram.

— Excelente! — Calisto se levantou e se aproximou. — Talvez não conheça, Sir, mas na nossa tradição, um pacto deve ser firmado com um contrato. É muito simples. eu, na condição de quem lhe deve, marcarei a runa ancestral da lealdade, usando meu próprio sangue como tinta. — o vampiro puxou a manga do casaco e, com sua garra do dedo indicador, fez um pequeno corte no pulso. — A runa deve ser gravada em um objeto que lhe seja mui querido, o mais querido de sua vida, de preferência.

Heyke de fato não conhecia esse costume, mas não estranhou. Já vira, entre os humanos, em sociedades secretas, tradições seme-lhantes. Calisto esperou que ele lhe oferecesse o objeto para rece-ber a runa. Ainda que a contragosto, Heyke ofereceu sua espada, de fato o item mais precioso que possuía, a apresentando na horizon-tal com as duas nãos.

— Que magnífica! — disse Calisto observando a espada em sua bai-nha decorada. — O que é mais valioso? A lâmina ou sua casca?

O caçador olhou ao redor. A tensão de antes voltou. Com cuidado ele levou a mão direita ao cabo da espada e a puxou de dentro da bainha. Sua lâmina de aço dobrado reluziu na luz do lustre. Ha-viam inscrições no seu sulco central. Não a puxou completamente, mantendo apenas um terço do aço à vista.

— Por favor, caçador. Permita-nos a visão completa dessa obra de arte. Que outra oportunidade um Upir teria de ver o ferro de um caçador, e viver para contar?

Heyke, relutante, com o coração acelerado, olhando o julgamento de todos, não via outra saída. Sacou a espada completamente e, para seu temor, revelou que ela estava quebrada. Havia apenas metade da lâmina, partida de forma irregular e serrilhada. Estava cercado por duas dezenas de vampiros com uma arma quebrada.

Perdera seu blefe. Nunca esteve tão vulnerável.

Mas Calisto demonstrou nobreza e, ainda que sorrindo da fragilidade do outro, tocou a lâmina com a ponta da unha suja de sangue negro e desenhou a runa. Heyke não saberia descrever aquele símbolo. Parecia um ouroboros, a serpente que morde a própria cauda, mas cruzada por uma linha diagonal, traçada da esquerda para a direita.

— Está feito. Enquanto essa runa estiver na sua lâmina, temos um pacto. — Calisto decretou. A ferida do seu braço já estava se fechando. Heyke guardou a lâmina quebrada na bainha. Antes de sair, se atreveu a dizer:

— Só preciso fazer uma pergunta: sabe alguma coisa sobre uma mulher chamada Fay?

O Estripador dissera esse nome aquele dia nos telhados. Os olhos de Calisto se estreitaram. Até o impassível Agrantis se perturbou. Pareceu que cutucou uma ferida.

— Faz um ano que Fay me traiu. — disse o lorde vampírico, coçando o queixo. — Foi banida do clã Juwes junto com outros três traidores. Sua pena seria a morte no sol, mas conseguiu escapar matando dois dos meus homens. Soube que transformou alguns brutos indiscriminadamente e causou certa confusão. Mas foi encontrada com uma estaca no peito. Não lamentei.

Heyke entendeu. Maldição.

— Agradeço a informação. Acho que terminamos aqui.

— Até mais, Sir. Espero que tenha progresso na sua demanda.

Heyke foi deixado de volta na Dorset Street. No caminho, pensamentos lhe remoeram. As peças começavam a se conectar.

Pelas noites seguintes voltou a sua ronda. Não diria que foi um tempo perdido. Apesar de nenhum sinal de Jack, pôde sentir o clima de Whitechapel. Viu os cartazes que reproduziam as cartas do assassino pelos muros. Soube que a polícia e a impressa estavam recebendo um número sem par de outras cartas. Possivelmente todos charlatões, fanfarrões, querendo se aproveitar do caos. Mesmo assim a polícia disse que iria investigar todas as correspondências, nem que fosse para punir os fraudadores.

Calisto manteve a palavra e Heyke não viu nada que sugerisse atividade vampírica. Entediado, agiu para salvar um comerciante de três membros de uma gangue e deteve um batedor de carteiras perto da Liverpool Station. Foi lá que avistou homens do tal comitê de vigilância organizado pelo senhor Lusk. Homens, todos civis, perambulavam pelas ruas com lampiões, apitos e pedaços de paus. Abordaram Heyke mais de cinco vezes nas últimas noites, mas ele se livrou, ora mostrando seu anel da Ordem, ora seu colarinho de padre. Nem sempre se convenciam, então teve que dar um jeito em três ou quatro deles.

No dia 15 de outubro decidiu procurar pelo Sr. Lusk e oferecer seus préstimos ao comitê. Seria uma forma de não ser mais abordado. Viu um cartaz colocado pelos vigilantes oferecendo uma recompensa por informações sobre o Estripador, fixado na parede de uma loja de couros na Jubilee Street.

— Com licença. Sobre o Comitê de Vigilância, sabe onde posso encontrar o Sr. Lusk? — perguntou para a jovem atrás do balcão, uma moça de olhos azuis e manchas de varíola na face esquerda.

— É melhor o senhor perguntar nas redondezas. Esses homens costumam frequentar o pub mais adiante.

— Já passei lá, ninguém soube ajudar. — mentiu. Na realidade não queria ter o azar de encontrar um daqueles que precisou deixar desacordado na rua.

— Bem, eu... — a moça estava nervosa. Certamente as ações de vigilância do comitê estavam incomodando tipos que não gostaram do patrulhamento extra. Ela teria toda razão em temer aquele velho de sobretudo, alto e mal encarado que estava diante dela. Mas se manteve gentil e lhe ofereceu um jornal de dias atrás. —

Neste jornal tem a rua onde mora. Apesar de não ter o número. Espero que ajude.

— Fico agradecido. Boa noite.

Heyke pegou o jornal e viu a informação que precisava. George Lusk residia em algum lugar da Alderney Street em Mile End. Partiu para lá.

Chegou no endereço por volta das 19hs. Não foi difícil reconhecer a casa do decorador de teatros. Era a única com dois brutamontes montando guarda e com uma dezena de carruagens em frente, fechando a rua. Heyke precisou usar seu melhor sorriso amarelo para se aproximar. Estava desarmado, levando consigo apenas seu rosário e o velho livro que fazia às vezes de diário. Os dois guardas logo bloquearam seu avanço.

— Quem vem lá?!

— Boa noite, amigos. Sou o padre Heyke Scott. Procuro o Sr. Lusk.

— O que quer com ele? Não somos católicos.

— Espere, — um terceiro homem apareceu à porta. Um velho ruivo de sotaque escocês e um olho parcialmente fechado.. — Eu vi esse homem na companhia de Abberline, na madrugada do evento duplo. Heh. Deixe-o entrar. Certamente tem informações.

Ainda que relutantes, os dois deixaram Heyke passar. O interior da casa era de considerável luxo. Estava cheia de pessoas por causa do comitê. Em sua maioria homens de classe abastada. Apesar do alvo do Estripador ser as mulheres pobres, a má reputação de East-End estava atrapalhando seus negócios. Algumas mulheres da casa levavam e traziam bandejas de comida e bebida para os cavalheiros.

Foi conduzido até uma sala ampla onde, ao redor de uma grande mesa de jantar repleta de jornais, mapas e outros documentos, homens bem vestidos confabulavam. O cheiro de cachimbo era terrível. George Lusk estava no centro. Era um homem alto, forte, com um grande bigode prussiano. Junto a mesa, Heyke reconheceu um homem que estava no trem no dia que desceu em Whitechapel.

Sua esposa o chamou de Abraham. Tinha as bochechas caídas e uma barba cerrada. O cabelo era bem repartido com brilhantina.

— Bem-vindo, padre. Orações são sempre boas. — disse Lusk quando Heyke foi introduzido na reunião. Alguns dos presentes riram.

— Pelo que ouvi falar do meu contato da polícia, esse padre pode ajudar mais do que rezando. Heh. — disse o escocês. — Estava armado até os dentes e pôs dois homens de Abberline para dormir. Heh.

— Não foi esse aí que nocauteou os primos do Harris? — alguém no corredor de acesso disse.

— Se é bom de briga, sua ajuda é melhor ainda. — disse Lusk sorrindo. — E certamente aqueles boçais mereceram.

— Ajudarei como for preciso, Sr. Lusk. Mas devo alertar a todos que...

— Sr. Lusk! Sr. Lusk!! — um rapazote entrou correndo na sala e interrompeu Heyke, quase o empurrando. Ele trazia um pacote nas mãos. — O correio noturno deixou essa caixa. Deve ser outra carta do Estripador!

Heyke se alarmou. Mas aparentemente foi o único. Os cavalheiros fizeram expressões que iam do descaso ao deboche.

— Outra farsa. Algum membro de gangue querendo nos intimidar. — disse Abraham com seu acento irlandês. — Aquela de sexta, dia 10, se lembra, George? A bravata de um novo evento duplo para o dia seguinte. Nada aconteceu.

— Sim, Bram. Mas vamos ver o que tem nesse pacote.

— De repente é a resposta do Home Office, sobre sua sugestão de perdão aos possíveis cúmplices do Estripador. — disse o escocês. — Uma boa ideia essa. Perdão para os comparsas, para que eles entreguem o assassino.

— Duvido muito que o Home Office enviasse sua resposta nesse pacote tosco. — respondeu Lusk.

Ele pegou o embrulho e o colocou sobre a mesa. Todos ao redor se aproximaram para ver, inclusive Heyke. Com uma faca de pão ele cortou a corda e desfez o embrulho de papel pardo. Assim que abriu, todos sentiram o fedor de carne apodrecida.

— Deus do céu!

— O que é isso?! Que diabrura é essa?

O burburinho foi geral. Dentro da caixa forrado com um jornal, havia um pedaço de órgão humano. Heyke percebeu que era a metade de um rim. Junto, trazia uma carta manchada de sangue.

— Esses moleques! Malditos sejam! — esbravejou Lusk. — Agora estão mandando restos de animais.

— Jesus, George... — Abraham, ou Bram, com o lenço na boca e olhos assombrados, discordava de Lusk. — Isso parece ser um rim humano! A mulher morta na Mitre Square estava sem um rim, não é?

Um novo burburinho se iniciou. Heyke tendia a concordar com Bram. Aquilo não parecia ser uma simples brincadeira.

— Sr. Lusk, — Heyke chamou. Todos ficaram em silêncio. — poderia ler a carta?

O homem concordou. Pegou o pedaço de papel e o desdobrou. O conteúdo era o seguinte:

> *"Sr Lusk*
> *Senhor*
> *Eu envio para você a metade do rim que eu tirei de uma mulher e que conservei para o senhor. O outro pedaço eu fritei e comi e estava muito bom.*
>
> *Talvez eu envie a faca ensanguentada que o tirou se esperar um pouco mais.*
> *assinado*
> *Pegue-me quando puder.*

Senhor Lusk."

Dessa vez não foi um burburinho, foi uma balbúrdia. Alguns homens pegaram seus casacos e cartolas e deixaram a casa. Outros esbravejaram sobre pegar as armas e caçarem esse assassino em cada residência de Londres. Lusk foi para perto da lareira com seu amigo Bram. Heyke aproveitou a oportunidade e examinou a carta. A caligrafia era diferente das anteriores. Culpa do braço arrancado ainda em recuperação? Notou que o Sr. Lusk não leu a primeira frase da missiva. Foi a parte que deu a Heyke um arrepio.

"Do Inferno[10]".

IV.

O rim era de fato humano, segundo os pareceres dos médicos Dr. Reed e Dr. Openshaw, que foram consultados pelo Sr. Lusk naquela mesma noite. Este último ainda deu o parecer que se tratava do rim direito, acometido com a doença de Bright, mesma patologia encontrada no corpo de Catherine Eddowes. Não tardou e a história chegou aos jornais. A metade do rim e a carta foram entregues à polícia. Jack não estava matando naqueles dias, mas continuava espalhando o terror.

Já eram corriqueiros os protestos na frente das delegacias da polícia metropolitana. Os jornais publicavam charges denunciando a inaptidão da força policial. Heyke passou mais tempo com o comitê de vigilância mas, sem revelar para aqueles homens conservadores de moral dúbia sobre a verdadeira natureza de Jack, não podia fazer muita coisa. Ajudou a lidar com bandidinhos aqui e ali, mas nada demais.

Quando voltava para seu dormitório na Miller's Court, via a relação entre Ginger e o Sr. Joseph Barnett desmoronar cada vez mais. No dia 30 de outubro o homem foi embora aos gritos. Aparentemente, com seu bom coração, Ginger estava dando abrigo às prostitutas que não tinham onde ficar no frio cada vez mais severo. Porém o quarto era pequeno demais, e o homem não suportou a bagunça.

Foi no dia 8 de novembro, sob uma fina garoa fria, enquanto saía para suas explorações noturnas, que Heyke viu Ginger na Dorset

Street. A moça sorriu nervosa e o puxou para um canto.

— Boa noite, padre. Veja, um menino deixou uma carta para o senhor. — ela disse com um olhar nervoso e a expressão visivelmente abatida. — Será... dele?

Heyke pegou o envelope e tratou de ler a carta. A caligrafia irregular e o baixo nível ortográfico já eram esperados. A pequena epístola dizia:

> *"Caro caçador,*
> *O braço que me arrancou já está bom. Posso voltar ao meu trabalho, já estava ansioso. Também estou faminto, faz mais de um mês que não me alimento bem. Talvez eu busque uma refeição mais nova, ha ha. Um prato irlandês dessa vez. Talvez eu arrebate seu coração.*
> *Do sempre seu.*
> *Jack."*

Heyke sentiu o frio percorrer sua espinha. Os belos olhos azuis de Ginger o fitavam com curiosidade. Será que...? O caçador olhou ao redor, buscou os telhados. Claro que ele sabia onde o achar, pois mandou a carta para lá. Sem dúvida deveria saber que Ginger cuidou dele em sua convalescença. Heyke pegou a garota pelo braço e a conduziu para dentro do Miller's Court, muito sério, ele disse:

— Ginger, você precisa deixar a cidade. É muito perigoso permanecer aqui.

— Bem que eu gostaria, padre, mas não tenho dinheiro. Estou devendo dois meses de aluguel ao Sr. McCarty. Se eu não conseguir hoje, ele me põe na rua.

— Se eu conseguir o dinheiro, você vai? Dinheiro suficiente para voltar para a Irlanda.

— Nossa, sim! Tenho um irmão em Dublin, eu poderia...

— Não saia do seu quarto até eu voltar. Trarei o dinheiro. Não fale com ninguém. E, mais importante: não convide ninguém para entrar.

Heyke saiu às pressas logo após obter um aceno positivo de Ginger. Não queria precisar recorrer a isso, mas não via outra escolha. Se dirigiu ao velho casarão do clã Juwe. Por instinto conferiu seu arsenal. Estava com o Colt, com apenas quatro balas, algumas estacas e o seu facão. Esperava não precisar deles.

Chegou no casarão por volta das 21h. Esperou parado diante da entrada até que Agrantis, o africano, abriu a porta. Seu mestre, Calisto, veio recebê-lo no hall. No primeiro encontro não tinha percebido como o puro-sangue era franzino e curvado. Vestia um roupão de seda negra. Seu semblante era outro também.

—Ora, vejo que precisa da minha ajuda, Sir Heyke. —ele disse, com um sorriso torto.

— Me ofereceu ajuda financeira. Estou precisando. Para uma amiga. — Heyke deu um passo para dentro. Algo dentro dele dizia que foi um erro.

— Claro, Sir. Dinheiro não é um problema. Venha. Vamos ao meu cofre. —Calisto gesticulou com o braço para que o seguisse. Agrantis foi logo atrás.

O vampiro o conduziu para dentro. Pelo caminho, vampiros, os mesmos que estavam no salão naquela noite, evitavam seu olhar. Algo estava errado. Calisto o levou por um corredor para uma porta à direita das cozinhas que dava em um porão escuro. Agrantis continuava na retaguarda.

—Ouça, vampiro, eu...

— Lamento, caçador.

Antes que Heyke pudesse reagir, Agrantis caiu sobre ele com uma força descomunal. O Caçador caiu com o queixo no chão de madeira. Seu revólver rolou para longe de seu alcance. Pegou o facão, mas Calisto chutou sua mão. A arma voou diretamente para os pés de alguém oculto nas sombras daquela espécie de calabouço.

Quando percebeu, Heyke estava com as mãos amarradas atrás do corpo.

Uma voz rouca e carregada de deboche gargalhava das sombras. Aquele que aparou seu facão com os pés se abaixou e pegou a lâmina, avançando lentamente até o cativo caçador. Quando seu rosto foi banhado pela luz fraca da única vela do recinto, ele viu aqueles olhos infernais.

— Não deveria nunca, jamais, confiar em um vampiro, caçador. — disse Jack, experimentando o fio do facão com o dedo da mão restaurada.

Heyke viu o olhar de Calisto, submisso, impotente, antes de receber um chute de Jack na têmpora e não ver mais nada.

Quando voltou a si estava em uma cela de ferro, própria para os cães, que não comportava um homem de pé. Parecia estar no mesmo porão, só que agora melhor iluminado com mais velas. Foi desamarrado, mas levaram seu sobretudo, as estacas e até seu relógio. Sua cabeça girava. Sentiu sangue seco perto do seu olho. Imediatamente checou seu pescoço, mas não achou marca alguma. Aparentemente não beberam seu sangue.

— Que bom que acordou, caçador. — ouviu aquela voz asquerosa e procurou sua origem. Vinha do canto mais sombrio, mas Heyke podia ver o brilho do seu facão. Jack o estava afiando com uma pedra de amolar. — Essa é uma boa faca, sim. Aço de primeira. Será um prazer usá-la essa noite.

— Eu vou te matar, maldito!

— Ha, ha! Gosto de você, caçador. Mas nosso jogo está prestes a terminar. Assim que terminar de afiar seu aço, usarei ele na sua amiga irlandesa. Prometo cuidar muito bem dela. Assim como você cuidou da minha amada Fay.

— Então é isso. — Heyke compreendeu. — Tudo não passa de uma vingança?

O silêncio de Jack foi a confirmação que precisava.

Assim que o monstro julgou a lâmina bem afiada, a guardou na bainha e colocou no seu cinto. Estava bem vestido, como um cavalheiro. Vestiu sua capa longa e pegou um chapéu coco da mesa onde trabalhava. Se aproximou da cela de Heyke e o olhou com um sorriso cínico. Ainda estava transfigurado, com olhos vermelhos e suas presas salientes nos lábios finos.

— Fay me transformou no Natal de 1887, um dia antes de você acabar com ela. — ele começou a falar, com nostalgia na voz. — Me deu seu sangue enquanto eu jazia moribundo, após sorver até a última gota do meu. Eu a amava desde muito antes desse dia. Fui seu primeiro acólito, enquanto dividia meus dias com meu ofício de tapeceiro, minhas apostas nos clubes de boxe e minhas visitas médicas por causa da sífilis. Eu estava naquele pub, junto com os outros rapazes, mas você não me viu, pois eu tinha ido para fora urinar. Sabe, mesmo sendo um vampiro, a transformação leva um tempo. Eu ainda tinha meus órgãos internos funcionando. Eu ainda tinha virilidade de um homem. Tinha minhas necessidades. Quando voltei, a luta tinha começado. Observei da turba de bêbados, mas quando vi a estaca no peito do primeiro companheiro, eu paralisei. Só horas depois encontrei o corpo de Fay na Commercial Road. Pranteei ela sozinho, mas no primeiro raio de sol que queimou como brasa a minha pele eu tive que me esconder. — sua voz assumiu outro tom, mais carregada de rancor. — A transformação avançava. A sede me acometia. Eu estava só. Sem mentoria e sem amor. Naquela noite bebi o sangue de uma mulher na margem norte do Tâmisa. Seu corpo afundou no rio. Confesso que não foi a primeira vez que matei. Mas foi a primeira vez que senti prazer nisso. Sabia que deveria me esconder de tipos como você. Pelo menos até ficar mais forte, ter mais controle desse novo corpo. Aprendi a me esconder em plena vista. Aprendi a não deixar rastros. — agora falava como um verdadeiro louco, quase aos gritos. — Mas havia um vazio que todo o sangue não saciava. Eu precisava me vingar. Por Fay. Precisava te atrair. E cá está você, na minha gaiola, como meu passarinho!

Jack sacou o facão e o meteu entre as grades, perto do olho de Heyke que recuou instintivamente até onde o cárcere lhe permitia. O Estripador sorriu com demência.

— Mas não o matarei. Não ainda. Antes a farei cantar para mim, aquele belo e gracioso passarinho irlandês.

— Ela não irá com você, desgraçado. — Heyke disse entredentes. — Está avisada. Não sairá de casa hoje. E não vai permitir que você entre.

— Homem tolo. Existem mil maneiras de conseguir a companhia de uma puta nesse pedaço de merda chamado Whitechapel. Uma bolsa cheia de moedas e uma ou duas garrafas de gim são algumas delas. E veja que nem é preciso usar um dos truques de vampiro.

Então uma sombra passou pelo seu rosto, e sua face mudou. Deixou a forma transfigurada dos seres noturnos e assumiu um semblante perfeitamente humano. Era a primeira vez que Heyke o via assim. Era um rosto completamente ordinário. Tão comum que passaria incólume por qualquer lugar de East-End, quiçá toda Londres. Só não conseguia disfarçar sua palidez cutânea, normal para quem não vê a luz do sol há quase um ano e não tem sangue vivo correndo nas veias.

— Até mais caçador, — virou as costas, guardando o facão de volta no cinto. — Farei bom uso do seu instrumento. Talvez eu o devolva depois. Mas o coração dela será meu.

— Desgraçado!! — Heyke gritou e se jogou contra as grades. Só obteve uma gargalhada de deboche como resposta.

Heyke bradou em desespero. Precisava sair dali. Precisava detê-lo. Forçou as grades com toda sua força, usando as mãos e os pés. Foi inútil. Em sua mente a imagem da pobre Ginger, a garota que vinte anos atrás brincava entre as galinhas da fazenda. A desafortunada mulher que precisou se entregar em troca da mais básica subsistência. Amaldiçoou o destino e blasfemou contra seu Deus. Como poderia terminar assim? Depois de estar tão perto...

Impotente, percebia o tempo passar pelo tamanho das velas, cada vez menores. Calculava que se passaram duas horas desde que Jack saiu. Fora o tempo que ficou desacordado que não sabia precisar. Não haviam janelas para o mundo exterior, o que aumentava ainda mais sua desorientação. Golpeou novamente a porta de ferro. Percebeu o ferrolho dar um leve salto. Examinou o pino de ferro e tentou puxá-lo. Demandou mais tempo que desejava. Sentia o suor correr nas suas costas e o sangue verter dos dedos machucados e sujos de ferrugem.

Enfim o ferrolho cedeu.

Ofegante, Heyke rastejou para fora da cela. Buscou seus pertences que estavam jogados em um canto. As estacas continuavam nos bolsos internos do sobretudo. Não o vestiu ainda, estava queimando de calor. O revólver continuava no chão, com as quatro balas de prata. Seu rosário de prata estava embrulhado em um trapo. Enquanto o pendurava no pescoço, entoou sua oração.

— Estou vestido com as roupas e as armas de Jorge. — achou no canto da sala, em meio a entulhos, um ferro de atiçar fogo. O pegou e sentiu seu peso. — Para que meus inimigos, tendo pés, não me alcancem. Para que meus inimigos, tendo mãos, não me toquem. Para que meus inimigos, tendo olhos, não me vejam. — improvisou um curativo para os dedos com um pedaço da manga. — E nem mesmo em pensamento eles possam me fazer mal. — conferiu novamente o tambor do Colt. — Armas de fogo meu corpo não alcançarão. — pegou o sobretudo e o vestiu. — Facas e espadas se quebrem, sem o meu corpo tocar. — então localizou o seu chapéu, o sacudiu para tirar o pó e o colocou. — Cordas e correntes se arrebentem sem o meu corpo amarrar. Pois estou vestido com as roupas e as armas de Jorge.

A porta daquele porão estourou com um chute. Alarmados, quatro vampiros que faziam a vigilância mal tiveram tempo de reagir quando Heyke saiu como um tenaz, com o ferro em uma mão e uma estaca na outra. O vampiro mais perto, um homem oriental, foi o primeiro a tombar com a madeira contra seu peito, penetrando precisamente entre as costelas. Devia ser um vampiro antigo, pois seu corpo começou a esfarelar em cinzas brilhantes antes mesmo de cair no chão.

O segundo sanguessuga foi um escocês ruivo que sentiu o gosto do ferro descendo em sua goela. Com um forte e rápido giro, Heyke separou a cabeça do tronco, deslocando as vértebras. Usou-o como escudo quando uma mulher loira lhe atirou um castiçal aceso. Paralelamente um jovem negro tentou golpea-lo com as garras, mas Heyke jogou seu escudo humano contra ele. Sacou outra estaca e atingiu o olho da mulher. Não a mataria assim, mas teve tempo suficiente para tirar o ferro do corpo em chamas do escocês. O problema foi que sua cabeça veio junto, quando sua pele rasgou. Usando o peso da cabeça decepada, Heyke usou o ferro como martelo e cravou mais fundo a estaca na cabeça da loira, que tombou tendo espasmos. O fogo do castiçal se espalhava pela tapeçaria e pela carcaça em acelerada decomposição do escocês. O jovem negro gritava enquanto as chamas lambiam seu corpo.

Heyke avançou pelo corredor descartando o ferro. Dois malditos vieram correndo em sua direção. Heyke pegou uma estaca em cada mão. Acertou o da direita com um soco no nariz, o agarrando pelo pescoço e cravando a estaca no ventre. O jogou contra a parede e o cedro penetrou mais. Nisso o outro o agarrou pelas costas e rasgou um pedaço do seu sobretudo com as garras. Heyke o socou com as costas da mão e se jogou de costas, o atirando na parede oposta e cravando a outra estaca por debaixo do seu braço esquerdo. Os deixou se dissolvendo em cinzas.

Já avistava o hall de entrada quando outro vampiro surgiu. Um grandalhão careca, provavelmente alemão, que corria mostrando os dentes. Heyke preparou outra estaca. Usando uma cadeira no caminho como apoio, Heyke correu sobre ela, pisando na parede e se segurando na tubulação de aquecimento no teto. Saltou sobre o gigante e se deixou cair, cravando a estaca nas suas costas. O vampiro caiu e Heyke caiu junto, sobre ele, terminando de fincar a ponta com seu peso.

A apenas três passos da saída, o grande e silencioso Agrantis se interpôs em seu caminho. Heyke já estava com falta de estacas, então sacou o Colt. Encostou o cano na testa do africano e puxou o cão.

— Sir, — ele disse, impassível, mãos erguidas em sinal de paz. — Está cometendo um engano.

— Cometi um engano quando aceitei fazer tratos com vocês... — os olhos de Heyke cintilavam de fúria.

— Pegue um cavalo do estábulo. Já está selado.

— O quê? — Heyke recuou a arma.

— O clã Juwes cumpre sua palavra, Sir. O problema é que meu senhor fez acordos com as pessoas erradas.

Heyke não tentou entender. Era mais urgente sair logo dali. Agrantis abriu caminho e Heyke passou pela porta. O vampiro não mentiu, realmente havia um garanhão pronto para cavalgar na entrada do estábulo ao lado.

Irrompeu com o corcel na escuridão da madrugada. Os cascos do animal ecoavam nas pedras. Ao passar pela Christian Street ouviu as badaladas do relógio da igreja local. Eram 6h da manhã. Levariam ainda duas horas e sete minutos para o nascer do sol. Ficou preso por tempo demais. Jack já teria chegado a Dorset Street. "Tomara que Ginger não tenha saído de casa".

Cavalgou a todo galope, assustando aqueles que transitavam pelas ruas e becos estreitos. Tinha chovido e as ruas estavam cobertas de poças enlameadas. Perto da Igreja de Cristo desmontou, deu um tapa no lombo do animal e este tomou o caminho de volta. Não queria chegar na Dorset Street fazendo alarde. Se Jack ainda estivesse por perto, não queria alertá-lo. Seguiu o resto do caminho a pé, com o revólver na mão, engatilhado.

Seu coração acelerou quando entrou no beco abobado onde ficava a Miller's Court. Deviam ser 6h40 da manhã. Tudo estava quieto, exceto por um gato que miava sem parar em um dos quartos superiores. Se aproximou cautelosamente do número 13. Uma fraca luz de vela se notava por baixo da porta. Heyke pegou na maçaneta, mas estava trancada.

— Ginger? Ginger? Sou eu, abra! — chamou, mas não teve nenhuma resposta.

O vento passou pelo seu corpo como um mau agouro.

Contornou à esquerda da porta. As duas janelas estavam fechadas. Um pano que servia de cortina tampava sua visão. Precisou quebrar o vidro para poder destrancar e abrir a janela maior. Entrou cuidadosamente.

O que viu em seguida o destruiu por completo.

V.

ary Jane Kelly, a Ginger, jazia morta em seu leito, no canto do quarto. Sua cabeça pendia pro lado esquerdo da cama. Seu braço esquerdo estava repousado sobre o abdômen, enquanto o direito estava parcialmente pendurado. Sua perna esquerda estava no sentido do tronco, relaxada, e a direita flexionada. Usava uma camisola branca. O restante que Heyke viu foi uma obra demoníaca. Mesmo tendo vivido tanto, participado de guerras, visto o horror da peste e da inquisição, nunca viu nada tão aterrorizante.

A camisola estava rasgada. O ventre dela não estava apenas aberto, a carne de sua barriga foi completamente removida. Assim com a carne das pernas e parte do glúteo. A coxa direita foi descarnada rente ao osso. Sua cavidade abdominal estava vazia. Seus órgãos e as porções de carne e pele estavam espalhados pelo quarto, na cama, em cima da mesa de centro e nos balcões rente às paredes. Seus seios foram cortados. Um deles estava perto dos pés, junto com o fígado. O outro estava sob a cabeça, junto com os rins e o útero. Seu intestino estava à sua direita e o baço à esquerda. Seu rosto foi tão retalhado que seu crânio estava parcialmente exposto: não havia nariz, orelhas, maçãs da face ou lábios. Sua garganta foi severamente cortada por dois talhos. Seus braços tinham cortes profundos. A cama estava coberta de sangue. Havia sangue também na parede, em respingos caóticos, e no chão, abaixo do leito, o sangue ainda gotejava.

— Santo Deus... — o caçador balbuciou, fazendo um sinal da cruz. Não conteve as lágrimas.

O maldito havia vencido.

Apesar do trauma, Heyke tratou de ser racional. Evitou pisar no sangue e não tocou em nada. Saiu pela mesma janela que entrou e tratou de ajeitar a cortina. Evitou olhar para trás. Fechou a janela, deixando como seu único rastro ali o vidro quebrado. Correu até o apartamento ao lado, o número 15, e tratou de pegar todos os seus pertences. Deixou suas últimas moedas no travesseiro para honrar seu aluguel.

Última olhada para a porta do número 13.

— Me perdoe, criança.

Heyke deixou a Miller's Court, na Dorset Street às 7h20 da manhã daquele 9 de novembro de 1888 derrotado, destruído e com desejo de fazer a única coisa que, tanto sua fé cristã, seu código de cavaleiro e a doutrina samurai lhe ensinou que era errado: vingança.

Sua primeira parada foi de volta ao casarão do clã Juwes. Era a intenção do Estripador voltar para lá para tripudiar sobre o derrotado caçador. E chegando à porta da casa percebeu que Jack realmente passara por lá. Os últimos vampiros do séquito de Calisto, aqueles que o próprio Heyke não havia matado, jaziam espalhados pelo pátio, em franco processo de desintegração. Em minutos o sol os banharia e seriam completamente obliterados.

Heyke entrou e viu mais carnificina do lado de dentro. Podia reconhecer a assinatura de Jack. Os vampiros estavam estripados e havia pedaços por todos os lados. Logo não restaria nada além de cinzas. Caso a polícia entrasse ali, acharia que a casa estava abandonada há anos. O maldito tinha se alimentado do sangue de Ginger. Estava poderoso e, vendo que seu prisioneiro tinha escapado, estava irado.

Mas não viu nenhum sinal dele. Certamente a proximidade do alvorecer o impeliu a buscar esconderijo. Ainda que a casa fosse apropriada para conter a luz, ele não estava em lugar algum. Nem no porão onde há pouco Heyke fora mantido cativo.

Também não tinha visto nenhum sinal de Calisto e seu mordomo Agrantis. Se tivessem sido sábios, teriam fugido assim que Heyke pegou o cavalo. Mas quando se dirigia à saída, já com o céu clareando, viu que eram dois tolos.

Calisto estava em pé voltado para a casa. Atrás dele uma carruagem com janelas escuras. No cocho, Agrantis coberto dos pés a cabeça, inclusive com óculos escuros. Calisto também usava vestimenta parecida. Debaixo do seu braço, a jarra com a cabeça de Emma embebida no líquido turvo.

— Tudo isso poderia ter sido evitado. — Heyke disse. Calisto o olhou nos olhos por um instante, mas depois desviou o olhar.

— Nossa sociedade é regida por códigos, caçador. Não sei se entenderia.

— Tente.

— Pois bem, — Calisto suspirou fundo — há entre os Upir uma lei não escrita, onde um senhor nunca pode ficar em dívida, caso alguém tenha feito um pacto.

— Ficou em dívida comigo, Calisto. — Heyke puxou sua espada longa do embrulho de lona que trazia e sacou o aço quebrado, apresentando a runa que o vampiro gravou dias atrás.

— É um problema quando um pacto entra em conflito com outro. — Calisto ergueu o jarro com a cabeça, e girou o vidro para mostrar a nuca da mulher. Precisou esperar o cabelo esvoaçante fazer uma volta. Logo atrás da orelha direita, havia uma runa do pacto, marcada com faca na carne. — Só fui ver a runa dias depois da nossa conversa...

— Se me lembro bem, o pacto só vale se a runa for marcada com o sangue do devedor, em um objeto de valor inestimável.

— Correto. Está totalmente correto. Por isso Jack me obrigou a cumprir o pacto. Meu sangue e aquilo que era mais inestimável para mim: Emma era minha filha. Sangue do meu sangue.

Heyke ergueu as sobrancelhas, tamanha sua surpresa. Então a jovem esquartejada era uma mestiça. Por isso seu corpo não virou cinzas após a morte. O pacto era válido. O sangue de Emma era o sangue de Calisto, e ela era o bem mais valioso do puro-sangue.

— Me diga onde Jack está. — disse Heyke.

Calisto limpou uma lágrima que corria pela sua face branca. O céu ficava mais claro, ainda que tomado pelas nuvens e pela poluição londrina. Ele abriu a porta da carruagem e depositou o jarro no banco. Pegou um saco de tecido grosseiro, amarrado com um barbante. Depois cobriu a cabeça com um capuz e ergueu um cachecol sobre a boca e o nariz.

— Infelizmente eu não sei. Bem que queria saber. Ele acabou com o resto dos meus homens. Mas se eu fosse você, examinaria as cartas. Ele é um louco, violento e cruel, mas também é egocêntrico e se acha superior. Ele deve ter escondido algo nas cartas. — O vampiro subiu na carruagem e colocou os óculos, tão escuros que Heyke duvidou que pudesse enxergar algo. Atirou o saco nas mãos do caçador. Deveria ter uns dois quilos. — Talvez, quando o encontrá-lo, isso lhe dê algum tempo. Até mais, Sir Heyke. Por favor, não deixe que ele vença.

— Não importa o que eu faça agora… Ele já venceu.

Agrantis acenou com a cabeça e bateu as rédeas. Os quatro cavalos se moveram e a carruagem negra de foi sentido ao sul, para o Tâmisa.

Eram 10h20 da manhã quando Heyke chegou na residência do Sr. Lusk, em Alderney Street. Estava exausto, sujo e faminto. Pela paz no local, concluiu que a notícia da morte de Ginger ainda não se espalhara. Talvez ninguém tenha encontrado o corpo. Para que não fizessem perguntas, não seria ele a revelar. Foi recebido pelos homens do comitê que o levaram para dentro, lhe ofereceram água, uma refeição de pão, queijo e chá quente. Os rapazes ficaram igualmente curiosos e temerosos quando viram as espadas através da lona semi aberta que foi deixada no sofá. Heyke não se importou em escondê-las mais.

— Noite difícil, senhor Scott? — George Lusk apareceu na sala e se sentou de frente para ele.

— A pior de todas. — Heyke tomou o último gole de chá. — Não querendo abusar de sua hospitalidade, Sr. Lusk, mas teria consigo ainda algo referente aquele pacote que recebeu? Aquele com a carta do Estripador.

— Graças a Deus, não! Deixei tudo com a polícia metropolitana.

— Bom... — Heyke estava impaciente, e ficando sem ideias. — Não soube a origem do pacote? Alguma forma de localizar quem o postou no correio?

— Foi uma postagem sem remetente. O pacote foi deixado já selado, antes da agência abrir. — quem disse foi o amigo irlandês de Lusk, Bram, deixando seu chapéu na entrada. Soube em outra ocasião que os dois trabalhavam no ramo de teatros, Lusk como decorador, e o outro como autor de peças. — Meu Senhor, homem, você está acabado! — se assombrou ao ver o semblante de Heyke. Se assustou ainda mais ao ver as espadas ao seu lado. — Então é verdade que é mais que um simples padre?

— Para o bem de todos, existem coisas que é melhor não saberem. — respondeu o caçador, se esforçando para dar um sorriso amistoso. Pelos olhares dos cavalheiros, falhou. Não se importando com isso, pegou seu relógio de bolso e conferiu as horas. 10h50. Quando foi guardar de volta o relógio no colete, devido ao estresse, o deixou cair. A corrente arrebentou e o relógio rolou até os pés de Bram.

— É um belo relógio. — o homem disse pegando-o do chão. Antes de devolvê-lo, analisou o artefato prateado. — Esse aqui gravado em relevo, é São Jorge? O Santo Guerreiro?

— Sim. É o padroeiro da minha Ordem.

— Sabe, — tomou a palavra o Sr. Lusk. — Nesses tempos tenebrosos é bom nos apegarmos à fé, seja ela qual for. As vezes, com esse maldito Estripador, essa polícia incompetente, nesse mar de pobreza e degradação, acho que estamos vivendo no inferno...

— É isso! — disse Heyke, se levantando de súbito.

— O que houve? — Lusk também se levantou, assustado.

— Não posso dizer agora, mas logo saberá. — Heyke tirou a katana do embrulho de lona e a encaixou no seu cinto, do lado esquerdo do corpo. Passou a lona transversalmente pelo peito, de modo que ela ficasse às suas costas, como uma aljava de flechas. A empunhadura da espada longa ficou em destaque sobre seu ombro direito. Não se esqueceu do saco de pano que Calisto lhe deu. Depois se dirigiu ao mancebo e pegou seu chapéu.

— Hei, tenha cuidado! Há anos é proibido andar com espadas nas ruas. Se a polícia te pegar... — dizia Lusk, mas Heyke o interrompeu.

— Eles estarão bastante ocupados hoje. Agradeço novamente a hospitalidade, senhores.

— Mesmo assim, permita-me. — disse Bram pegando suas coisas. — Minha carruagem está aí fora. Te levo aonde precisa ir.

— Não é preciso, eu...

— Eu insisto.

Então os dois deixaram a casa. Por carruagem, Bram chamava uma charrete aberta puxada por um único cavalo, com espaço para dois. Era o bastante. Não havia tempo a perder. Mesmo com a rua tomada por transeuntes que começaram seus afazeres diários, Bram se mostrou com bastante habilidade como condutor. Heyke esperava chegar logo ao lugar.

O lugar. Como não pensou nisso antes. A dica de Calisto foi precisa. Jack deixara sua localização nas cartas o tempo todo. E traçando um mapa mental de Whitechapel, Heyke percebeu que era um ponto estratégico perfeito, pois era praticamente equidistante dos locais dos assassinatos do Estripador. Sendo assim, orientou Bram a seguir em direção a Igreja St. Mary Matfelon, entre a Whitechapel Road e a White Church Lane. Mais precisamente para o cemitério nos fundos.

O Inferno de Londres, segundo os rapazes no trem, no dia que chegou a East-End. "Do Inferno", escreveu Jack na carta que mandou para George Lusk. Aquilo acabava hoje.

Pararam a poucos metros da igreja, diante da alta torre de tijolos brancos, com o curioso relógio destacando-se da parede lateral. A capela branca que dava nome ao distrito foi recentemente reformada após um incêndio em 1880. Heyke sinalizou para que Bram ficasse na charrete até que ele voltasse. O caçador seguiu sozinho para os fundos do terreno da capela. Seu relógio marcava 11h23.

Um cemitério antigo, com lápides datadas do século XVI se estendia pelo campo mal conservado. As fábricas ao redor depositavam ali perto seus dejetos e estoques de carvão, deixando o ar mais insalubre que no resto do distrito. Heyke observou que algumas covas eram protegidas com grades de ferro. Os antigos temiam que os mortos fossem saqueados ou que se levantassem durante a noite? Pelo seu ofício, Heyke sabia que as duas possibilidades eram válidas.

No extremo mais afastado da igreja ele avistou um mausoléu tão grande quanto uma casa humilde. Estava com a pintura desgastada e tomado por ervas trepadeiras. No entanto, Heyke observou que os vitrais estavam tampados por dentro com madeira, perfeitamente colocada para não entrar um raio de sol sequer.

Tirou o Colt do cinto e checou que ainda estavam lá suas últimas quatro balas de prata. O devolveu ao cinto, mas agora a frente do corpo. Contornou o mausoléu observando os detalhes. Quando avistou alguns respingos de sangue ainda fresco próximo a porta da construção não teve mais dúvidas.

A velha porta estava bem escorada, mas com paciência conseguiu vencê-la. Abriu com cuidado para não fazer barulho. A deixou aberta, para que a claridade do dia entrasse. Nas laterais da cripta, vãos projetados para abrigar caixões da rica família que um dia construiu aquilo. Alguns nichos estavam ocupados por ossos empoeirados e com teias de aranhas. As arandelas para tochas estavam vazias e igualmente cobertas de teias. No centro, acima de um altar, um esquife de pedra repousava abaixo de uma estátua de um anjo de joelhos. Heyke se aproximou, seguindo um rastro de sangue no piso de pedras soltas, com erva daninha nascendo entre elas. A penumbra era acentuada, desejou ter um lampião. Quando chegou ao lado do esquife, notou que ele estava selado por uma tampa de concreto, com uma placa de bronze com inscrições impossíveis de se ler naquela escuridão. Arrastou a pedra com toda sua força, evitando, contudo, fazer muito barulho. Tarefa completamente fracassada quando a tampa caiu no chão.

Dentro do sarcófago de concreto, forrado por estofados de couro e peles, estava ele. Jack dormia o sono dos malditos, com as mãos cruzadas acima do peito. Mãos profanadas e sujas com o sangue de Ginger. Ao seu lado, seu chapéu e suas facas, incluindo o facão que roubou de Heyke, que estava maculado. O choro subiu novamente aos olhos de Heyke, mas ele precisou ser forte. Pegou o Colt e o engatilhou. Encostou na fronte do desgraçado.

Atirou.

Mas para sua surpresa, Jack abriu os olhos a tempo e, com sua velocidade vampírica, potencializada pelo sangue ingerido há pouco, conseguiu se erguer e evitar o disparo. Heyke só acertou o esquife. Não teve tempo de reagir, o vampiro caiu sobre ele, perfurando seu abdômen com o facão, o fazendo cair os degraus abaixo.

— Então veio até mim, caçador! Ótimo, vai me poupar o trabalho! — debochou o assassino.

— Cala essa boca, demônio! — ainda do chão, ignorando a dor, Heyke atirou novamente. Jack tentou se esquivar, mas ainda foi atingido no lado direito do peito.

— Ha. Armas de fogo não tem emoção, caçador. Nada como sentir sua faca deslizando pela carne macia e suculenta de sua presa. —

Jack disse lambendo a lâmina lavada de sangue, depois a soltou no chão. Então caiu sobre Heyke e o ergueu pelo pescoço. O caçador tentou outro disparo, mas com a outra mão Jack o desarmou, fazendo o Colt sumir nas sombras da cripta. — Chega de joguinhos. Hoje você vai morrer!

Heyke sentiu as garras do patife fundo na sua carne. Buscou a katana, mas não teve posição para desembainhar toda a extensão da lâmina, sendo bloqueado por Jack, que percebeu sua intenção e o atirou na parede oposta. A espada caiu e trepidou nas pedras. Jack deu dois passos em sua direção, mas estacou. A luz solar que entrava pela porta tocou sua mão e ele sentiu o calor mortífero do sol. Heyke tentou se levantar, mas uma dor excruciante denunciou que tinha quebrado uma ou duas costelas, além do corte na barriga que sangrava fortemente. Desarmado, sua última alternativa era o saco que Calisto lhe dera.

— Vamos acabar logo com isso... — dizia Jack, contornando a luz e se aproximando dele, quando Heyke puxou o pacote do cinto e atirou seu conteúdo na direção do vampiro.

Grãos. Centenas de grãos de milho, café, feijão, entre outros. Jack riu, sem entender. Porém quando foi dar o próximo passo, não conseguiu. Resistiu por alguns instantes, mas não conseguia sair do lugar. Heyke, ainda no chão, viu quando o canalha se ajoelhou e, visivelmente contrariado, começou a catar os grãos do chão.

Heyke conhecia a lenda, mas não levava fé que era verdade. Por alguma razão, os vampiros, pelo menos os de nível baixo, sentiam um impulso irresistível em apanhar grãos que estivessem em seu caminho, não descansando até todos estiverem em suas mãos. Contudo, eram dois quilos de grãos, que ele nunca conseguiria carregar sem que caíssem de volta ao chão, o obrigando a repetir o processo.

— Você me paga, caçador! — vociferou o Estripador, lutando contra o próprio corpo que não parava de colher as favas, uma a uma. — Já que quer assim, enquanto não consegue se recuperar, vou lhe contar como sua amiga morreu, que tal?

— Cale-se, bastardo! — Heyke tentou se erguer, mas a dor ainda era extrema.

— Foi simples, digo-te. Eu a encontrei fora de casa. Caminhava torpemente, visivelmente embriagada, encolhida do frio cantarolando "A Violet from Mother's Grave", na esquina da Commercial com a Thrawl Street, alguns minutos antes das 3h da madrugada. Me disse que tinha saído do bar Britannia, onde bebeu com um cavalheiro. Precisava de dinheiro, e achou que ele poderia lhe ajudar. Ela pediu dinheiro emprestado a um tal Sr. Hutchinson, sem sucesso. Pousei a mão no seu ombro e falei em seu ouvido que lhe daria dinheiro em troca de seus serviços. "Tudo bem", ela me disse. E eu respondi "Você vai ficar bem pelo que eu lhe disse".

"A abraçando, caminhei com ela até aquela espelunca da Miller's Court na Dorset Street. O tal Hutchinson pareceu não gostar de mim, pois nos seguiu. Para dissuadi-lo, não entrei direto no beco. Fiquei alguns minutos falando com ela na entrada da pensão. Também precisava de sua permissão para entrar. Sim, dessa vez seria entre quatro paredes, sem interrupções.

"'Tudo bem, meu querido. Venha. Você vai se sentir confortável', ela disse quando pedi para entrar. Pedi um beijo e ela me deu. Ha, ha! Começava a chover forte. 'Perdi meu lenço', ela falou, buscando cobrir a cabeça. Lhe dei o meu, de seda vermelha. O relógio da igreja badalou 3h quando entrei com ela no número 13.

"Ela se despiu para mim, caçador. Tirou o vestido e as anáguas e vestiu uma camisola branca. O fogo ardia na pequena lareira e havia uma vela na mesa de cabeceira. Como sabes, caçador, um vampiro transformado como eu não passa de uma alma corrompida em um corpo morto reanimado. Minha virilidade se foi. Então apesar da minha mente apreciar aquela visão, meu corpo não reagia a contento. E isso me deixou muito, muito irritado. A golpeei na face direita com tamanha força que ela caiu na sua cama, desacordada. A deixei ali enquanto me preparava. Seu facão se mostrou muito eficaz.

"Apaguei a lareira. O fogo não esquentava minha carne fria e meus olhos podiam ver na escuridão. Subi na cama, entre suas pernas, e senti seu odor de rameira, regado a gim e perfume barato. Cravei minhas presas em seu pescoço e sorvi seu sangue. Estava faminto. Mas me contive, o melhor da festa ainda estava por vir.

"'Oh, assassino!', ela gritou quando recuperou a consciência e me viu sobre ela. Então seu facão entrou em ação. Primeiro o pescoço. Os legistas não acharão as marcas das minhas presas depois do que eu fiz ali. Ha, ha! E então iniciei minha obra-prima. Envolto por aquele precioso sangue. Foi tão sublime que nessa hora esqueci da minha roubada virilidade. Foram duas horas e meia de êxtase, provando aquela carne, eviscerando-a, espalhando suas partes pelo quarto. Ouvia ao longe um gato miando, talvez o único ser vivente a se perceber da minha presença. Ha, ha.

"Se da última puta eu provei o rim, de Mary Jane eu queria o coração. Então o peguei para mim e o comi ali mesmo. Precisamos do sangue, caçador, assim como os vivos precisam do pão de cada dia. Mas provar a carne e as vísceras era o que trazia prazer, como quando os vivos colocam queijo e manteiga no pão.

"Saciado, banhado de sangue, me evadi dali pela porta da frente, levando sua chave. Ninguém me viu na noite. A chuva cessara. Meu ímpeto foi voltar para a mansão dos Juwes e terminar meu serviço com você mas… creio que já sabe o resto. Ha, ha. Maldição! Esses grãos infernais!"

Heyke só tinha mais vontade de acabar com o desgraçado, após ser obrigado a ouvir seu relato, enquanto ele enchia a mão de grãos, somente para vê-los escoar por entre os dedos e ter que recomeçar a coleta. Basta. O caçador se esforçou novamente, girando o corpo, sentindo as costelas queimarem.

— Isso, caçador… lute! Leve seu corpo ao extremo. Até quando a magia pagã que o mantém vivo aguenta? — Jack chegava a babar, lutando contra os grãos. Heyke entendeu que ele falava unicamente para não surtar completamente.

— Você vai ver, maldito. — Heyke se pôs de quatro, em seguida de joelhos. Sangue banhava sua camisa. Tombou para sua direita.

— Patético! Ficaremos até até o século XX começar...

— Cala a boca, desgraçado! — Heyke se recompôs com o Colt na mão. A arma tinha caído naquele canto da cripta. Sem pestanejar disparou as últimas balas do tambor contra o vampiro. Dois tiros no peito. Jack foi arremessado para trás, fazendo os grãos de sua mão voarem.

— Ha, ha! Bravo...! — Jack ainda falava, caído nos degraus. As mãos sobre o peito com seu sangue escuro e pastoso fluindo. — Sabe... — Falava engasgando no próprio sangue. — Um dia os homens olharão para trás e dirão que eu fiz nascer o século XX.

Heyke usou as últimas forças para se pôr de pé, se apoiando nos jazigos de ossos. Atravessou o mausoléu e pegou a katana do chão. Estava parado diante da porta e a fraca luz do sol refletiu no aço e tocou Jack. Ele gemeu quando sua pele queimou como se fosse tocado por ferro em brasa. Heyke se aproximou sem pressa, submetendo o maldito àquela penitência. Era pouco ainda perto do que ele fez suas vítimas sofrerem.

Chegou ao seu lado, olhando de cima, não parecia o monstro que aterrorizou Londres. Ainda assim trazia nos olhos a maldade, pura e simples. E, que se faça justiça, o fato de ser um vampiro não foi o causador dessa vilania. Ele já era um ser perverso antes de ser transformado. Um maldito sem coração. A pior maldade provém do homem que havia atrás das presas.

— Por Ginger.

Heyke ergueu a katana com as duas mãos acima da cabeça, ignorando por um segundo a dor, e baixou a arma com velocidade e precisão, afastando as pernas para manter o centro de equilíbrio. Com um único corte, decepou a cabeça de Jack que rolou os três degraus do altar. Mesmo morto, seu rosto trazia a expressão da loucura. Gradativamente seu corpo começou a se desfazer em cinzas que voaram no ar. Os dias de terror de Jack, o Estripador chegaram ao fim.

— Santo Deus! — disse Bram, à porta do mausoléu e vendo a cena. Testemunhou o corpo do vampiro desintegrando e vislumbrou sua expressão transfigurada na cabeça amputada que, logo em seguida, se desfazia. — Que espécie de diabo é isso?!

— Um vampiro... — Heyke disse guardando a katana. Sua mão em seguida foi as costelas. Precisava de um tempo para se recompor.

— Vampiro? Como no conto de Rymer[11]?

— Sim, senhor... Responderei suas perguntas, mas longe daqui, se não se importa.

— Oh, claro, senhor Scott! Permita-me. — o homem entrou na cripta e ajudou Heyke a caminhar para fora.

— Peço sua discrição, senhor Bram... Desculpe, não sei seu sobrenome.

— Stoker, senhor. Venha, vou te levar ao hospital.

— Sem hospitais, por favor. Ficarei bem com o tempo.

— Está sangrando muito! Precisa de cuidados!

— Acredite em mim. Já passei por coisa pior.

VI.

O enterro de Ginger foi em 19 de novembro, uma segunda-feira. O Sr. Barnett, que apesar da discussão que teve com ela dias antes de sua morte, continuou preocupado com seu estado, fez questão que Mary Jane Kelly tivesse um rito católico. Nenhum familiar foi encontrado para que pudesse comparecer ao funeral. Só estavam presentes uns poucos amigos e vizinhos, além da polícia, da imprensa e alguns curiosos. Heyke acompanhou o sepultamento de longe, atrás de uma árvore. Não queria ser visto ali.

Pobre garota.

— Bom dia, Sir. — disse alguém se aproximando dele por trás. Trazia o chapéu nas mãos.

— Bom dia, inspetor Abberline.

O renomado policial ficou ao lado do caçador, sob a desfolhada árvore, por um longo instante em silêncio. Heyke já traçava mentalmente uma rota de fuga caso o homem lhe desse voz de prisão. Considerando que suas costelas ainda não estavam totalmente bem, estava lento demais para correr ou mesmo saltar muros. Mas ora, não era um criminoso, não tinha porque fugir.

— Soube que o senhor conhecia a falecida. — disse Abberline quebrando o silêncio.

— Sim. A conheci ainda criança.

— Lamentável tudo isso. Foi um tal Thomas Bowyer, assistente do dono da pensão de Miller's Court, que encontrou o corpo as 10h30 daquela manhã. O Sr. McCarthy o mandou cobrar o aluguel atrasado, disse em depoimento. Bateu na porta e como ela não atendia foi espiar por uma fresta de vidro quebrado da janela. Logo informou o Sr. McCarthy que foi às pressas ver com seus próprios olhos.

— Abberline dizia e Heyke evitava a todo custo rever em sua mente a cena de terror que viu, apenas algumas horas antes do Indian Harry. Inclusive conhecia bem o vidro quebrado. — Em seguida McCarthy mandou Bowyer chamar a polícia. Ele voltou com o inspetor Walter Beck e o detetive Walter Drew. Logo eu fui convocado também, chegando por volta das 11h30 e não permiti que a porta fosse aberta enquanto não trouxessem nossos cães farejadores. Esperei até às 13h30, quando o superintendente Thomas Arnold chegou dizendo que não poderia contar com os animais e exigindo a abertura da porta. Alguns policiais não suportaram a visão do que estava lá dentro e vomitaram. O fedor da putrefação e do conteúdo dos intestinos rompidos se espalhou pelo beco. Foi terrível. Dr. Bond e Dr. Phillips cuidaram da necropsia ainda no local. O coração dela não foi encontrado.

Heyke sabia. Jack o comera.

— Vi algo a respeito nos jornais... — Heyke disse, querendo pôr um fim a conversa. Abberline o olhou de soslaio e prosseguiu.

— Sabe, o Sr. Lusk e seu amigo Sr. Stoker me contaram uma coisa que não consigo entender...

Parece que o Sr. Stoker não cumpriu sua promessa de discrição, pensou Heyke na mesma hora, revirando os olhos.

— A ignorância, às vezes, é uma benção, inspetor.

— Talvez no seu ramo de trabalho, Sir padre. Mas não no meu. Minha função é buscar a verdade.

— Verdade é uma coisa subjetiva. Como as águas de um rio. Podes encher as mãos e beber, se saciando, mas ainda haverá muito mais água a correr no riacho. Um homem não pode beber todo um rio, assim como não pode compreender toda a verdade do mundo.

— Também é filósofo, Sir? — Abberline ensaiou um sorriso, mas desistiu no meio do caminho. — Veja bem, desde que esse terror tenha realmente acabado, eu não me importo se foi pelas mãos de um padre com espadas, contanto que não hajam mais corpos para sepultar. Mas não posso por em meus relatórios que o corpo do Estripador virou cinzas após sua decapitação.

—Compreendo.

—É claro, estamos em Whitechapel, um barril de pólvora no coração do Império onde o Sol nunca se põe. Haverão mortes, assaltos, brigas de gangues, talvez imitadores de Jack... só espero que aquele maldito esteja no inferno, e não volte de lá.

—Não voltará.

—Está seguro disso?

—Nunca voltaram.

— Bom. — Abberline revirou os bolsos e sacou um envelope branco. — Tome isso.

— O quê... — Heyke pegou o envelope e constatou pleo peso que estava bem recheado. O abriu e viu um maço de notas de libras. — Não compreendo, inspetor.

— Ora, o jornal Financial News ofereceu £ 300,00 e o Lord Mayor do Parlamento ofereceu mais £ 500 pela captura do assassino. Além do oferecido pela Scotland Yard. O Sr. Lusk e seu comitê requisitou uma parcela, pois a carta com aquele rim que ele entregou à polícia metropolitana se enquadra como informações sobre o caso. O restante, até onde me consta, é seu.

— Bom, eu... — Heyke ia recusar o dinheiro, pois seu ofício como caçador não era para fins monetários. Além disso, aquele montante veio atrasado demais. Se tivesse esse valor dias atrás, Ginger estaria viva. Mas resolveu aceitar, guardando o envelope no bolso interno do casaco. Estava precisando e poderia investir em novas armas e equipamentos. — Eu agradeço, inspetor.

— Normalmente teria uma papelada para assinar mas, convenhamos... — Abberline conferiu seu relógio. — Preciso ir agora. Ainda ficará por East-End?

— Não. Precisam de mim em outro lugar. — Heyke não tinha nenhum destino em mente, mas de fato não planejava ficar ali por mais tempo.

— Espero que tenha boa fortuna em seu caminho, Sir. Meus cumprimentos.

Abberline saiu com um aceno de cabeça. Heyke ainda se demorou um pouco observando de longe a cova de Ginger. Suas costelas ainda ardiam, mas naquela mesma tarde pegaria o trem. Talvez iria para fora de Londres. Quiçá da Inglaterra.

Colocou o chapéu e deu as costas para o cemitério. Seus pertences estavam com ele, na sua lona enrolada. Caminhou pelas ruas frias de Whitechapel, tomadas pela pobreza e o descaso. "Que toda essa tragédia pelo menos sirva para que o governo olhe para esse distrito e resolva fazer algo para melhorar a qualidade de vida dessas pessoas, muitos na extrema pobreza, sem perspectivas e vítimas do vício e da violência".

Olhou para o lado e viu um menino, nem dez anos, sujo e maltrapilho, pedindo esmolas sentado no meio fio. Se lembrou que um dia, há muitos anos, também estivera nessa situação. Vasculhou os bolsos e achou um último penny que jogou para o garoto. Infelizmente não dispunha de mais moedas trocadas para todos os pedintes que viu pelo caminho. A primeira coisa que faria com seu prêmio seria doar uma parte para a caridade.

Chegou na Bishopsgate Station por volta das 15h. O Sr. Stoker o aguardava em um banco. Parecia tomar notas em um caderno.

— Olá, Sr. Scott. Sinto não poder ter te acompanhado ao enterro. Tive compromissos no teatro.

— Tudo bem, Sr. Stoker. Tive a agradável companhia do inspetor Abberline.

— Ah, aquele biltre. — Stoker deixou o caderno de lado, visivelmente nervoso. — Praticamente me interrogou a fim de colher informações.

— Suspeitei.

— Bom, meu caro, aqui está o seu bilhete. O trem partirá em breve.

— Agradeço a gentileza, Sr. Stoker. — Heyke pegou a passagem de trem que o outro tirou do bolso do colete.

— Que nada. Só prometa que me escreverá. Sabe, depois daquele… incidente, andei tendo ideias para um novo romance. Obter informações sobre seu ofício seria muito oportuno…

— Escreverei assim que puder.

Os dois caminharam até a plataforma onde a locomotiva a vapor aguardava. Assim que Heyke subiu o degrau do trem, Stoker o deteve com um pedido:

— Ah, por favor, uma última coisa: me permite ver aquele seu relógio novamente? O com o relevo de São Jorge?

— Claro… — Heyke estranhou, mas atendeu o desejo do homem. Tirou do bolso o seu relógio de prata e permitiu que Stoker o admirasse mais uma vez. — Tome, fique com ele. — Poderia comprar outro agora.

— Muito obrigado! Nunca entendi essa iconografia… o santo mártir enfrentando um Dragão… como diria nas línguas do leste da Europa, um Dracul…

Stoker estacou. Pareceu que uma luz se acendeu na sua cabeça. Heyke não entendeu quando Stoker guardou o relógio balbuciando algo que naturalmente não era para seus ouvidos. O trem se moveu com um solavanco e o caçador terminou de subir. A última coisa que viu foi Stoker anotando algo em seu caderno.

Já no seu assento, pegou seu kit de pintura e seu baralho inacabado. Sem dúvida, após os eventos dos últimos dias, durante sua convalescença, não podia deixar de incluir dois novos arcanos à coleção. Para a carta XVII, a Estrela, onde a figura de uma donzela nua despejava dois jarros em um lago sob um céu estrelado, Heyke desenhou o rosto de Ginger com seus cabelos soltos. E para a carta XIII, a Morte, o cavaleiro encapuzado recebeu o rosto de Jack, ou seja lá qual fosse seu verdadeiro nome. Talvez a única imagem de seu rosto que perduraria para a posteridade.

Logo as chaminés viciadas da escura e fria Whitechapel foram ficando para trás. O sol continuava sua luta contra as nuvens de geada e a poluição desse demônio chamado Progresso. Ainda que fosse a sina de Heyke caçar e matar esses monstros noturnos, tantos que nem conseguia mais contar, Jack deixaria consigo um gosto amargo na boca, além das cicatrizes no corpo e na própria alma.

REFERÊNCIAS:

CaseBook: Jack, the Ripper - www.casebook.org (em inglês)

Wikipédia

---

[1] Segundo a wikipédia, o Boxing Day é o termo utilizado em numerosos países anglófonos para designar um feriado secular comemorado no dia seguinte ao dia de Natal, ou seja, em 26 de dezembro. Atualmente o dia é uma ocasião de liquidações, sendo um dos dias mais movimentados do comércio nos países onde é comemorado.
[2] Este caso ficou conhecido como o caso "Fairy Fay"

[3] O inspetor Abberline tinha como principal suspeito Seweryn Klosowski, de origem polonesa, proprietário de um salão de cabeleireiro nas proximidades dos crimes.

[4] Workhouses, ou casas de trabalho, eram uma mistura de albergue para sem-tetos, enfermaria e centro de detenção.

[5] Carta "Dear Boss", tradução da Wikipédia.

[6] Do francês antigo: "Envergonhe-se quem nisto vê malícia"

[7] Postal "Saucy Jacky", tradução da Wikipédia.

[8] No Rito Escocês Antigo e Aceito da Maçonaria e em outras vertentes existe a lenda de Hiram Abiff, que teria sido mestre construtor do Templo de Salomão, designado para a função como presente do rei de Tiro, também chamado Hiram (II Samuel 5,11 e I Reis 5, 15:32). Sendo o único conhecedor do projeto do Templo, foi assediado por três figuras que queriam seu segredo. Diante da recusa, esses três indivíduos agrediram e mataram Hiram Abiff. Esses três assassinos são chamados de Jubela, Jubelo e Jubelum. O escritor Stephen Knight foi o primeiro a associar o termo Juwes como coletivo dos três assassinos.

[9] Upir: segundo a Wikipédia, é a raiz que originou a palavra "vampiro". Originária das línguas do leste europeu, como o eslavo e o sérvio.

[10] Carta "From Hell". Tradução da Wikipédia.

[11] James Malcolm Rymer publicou entre 1845-1847 a história gótica "Varney the Vampire; or, the Feast of Blood", uma das primeiras obras de ficção sobre vampiros da Europa.

SOBRE O AUTOR

Anderson Oliveira

Anderson Oliveira, paulistano, estudou Administração mas sua grande paixão sempre foi a arte. Desenhista autodidata nerd e fã de quadrinhos, sempre quis contar as histórias que brotavam em sua mente. Mas o desenho é um processo lento, então decidiu escrever.

A internet foi sua válvula de escape e seus contos autorais e fanfics podem ser encontrados em sua página do Facebook. Mas isso não bastava e histórias maiores precisavam virar livros.

Seu primeiro romance foi Contos Apócrifos: Profany, lançado em 2011 pelo Clube de Autores, atualmente disponível no Wattpad. Também participou das antologias Frequência Z e Corredores Malditos com contos de terror, pelo selo UNF.

Em 2017 iniciou um projeto de publicar mais livros independentemente, agora pela Amazon, abordando os estilos do terror, aventura, super-heróis entre outros. Estreou com Constelação, iniciando um universo compartilhado que prosseguiu em Sagrada Justiça: O Segredo de Fátima.

LIVROS DESTE AUTOR

Sagrada Justiça: O Segredo De Fátima

Filha dos anjos? Tocada por Deus? Santa milagrosa ou apenas outra dessas aberrações, chamadas de super-heróis, que tomou conta do mundo após uma grande tragédia em Israel?Em uma realidade onde quase todo país procura ter um super-ser para representá-lo, o que pode acontecer quando uma criança com incríveis poderes é criada pelo Vaticano para ser sua heroína oficial?

Estudada como um possível milagre, a jovem portuguesa Fátima Duarte de Sá foi tirada de sua família e cresceu na sede da Igreja Católica, praticamente como uma prisioneira. Apresentada ao mundo com Sagrada Justiça, atraiu a atenção de fiéis que a viam como uma santa, um cardeal solitário e um grupo de amigos que a viram como uma vítima e um misterioso andarilho que a viu como a portadora de um segredo que ele busca há muito tempo.

Seu caminho se cruza com um experimento científico fruto de uma mente em conflito e com uma poderosa e extravagante organização criminosa que está por trás da misteriosa morte do maior super-herói do mundo.

Em meio a isso, passamos pelas misteriosas manifestações marianas de Fátima e Guadalupe: milagres, farsas manipuladas pela Igreja ou outra coisa?

Existe algo de divino nessa garota, mas para saber se isso é para o bem ou para o mal, ela antes precisa descobrir seu passado, e com isso revelar as origens da própria humanidade. Isto é, se ela sobreviver aos inimigos que a cercam de todos os lados.

Constelação

A primeira heroína plus-size do Brasil

Quando uma série de eventos estranhos faz de Amanda Cardoso, uma jovem universitária gordinha, boca suja e sem dinheiro, ser a portadora de um antigo medalhão capaz de conceder ao seu portador poderes relacionados com os doze signos do zodíaco, sua vida vira de cabeça para baixo enquanto é perseguida pela polícia, por uma sociedade secreta e por um psicopata poderoso.

Amanda precisará aprender a usar seus poderes para sobreviver, proteger seus entes queridos e, quem sabe, se tornar uma nova heroína nas ruas de São Paulo.

Constelação é uma aventura divertida, com humor ácido e ação, sobre representatividade e poder feminino.

Lightning Source UK Ltd.
Milton Keynes UK
UKHW010252140223
416945UK00006B/556